逐夏 上

木瓜黃 著
芊筆芯 繪

目錄
CONTENTS

第一章　盛夏

八月盛夏，驕陽似火，蟬鳴不止。

林折夏縮在沙發上，手邊放著一袋洋芋片，屋子裡沒開燈，只剩下面前的投影機閃著微弱的螢光。電影正播到激烈處，螢光大亮，猛鬼忽然齜牙咧嘴地衝出來——

屋內陡然間亮起來，能從投影光中窺見部分陳設。

整間屋子整潔得過分。

桌上擺著幾本《競賽擬練》，一個黑色鬧鐘，兩三支黑色水性筆。

除此之外沒有任何多餘的東西。

看起來不太整潔並和這裡格格不入的，只有那一堆被擺得東零西落的零食。

林折夏看一下電影，就捧著手機對著某個聊天畫面傳幾則訊息。

『詐騙。』

『絕對是詐騙。』

『年度最恐怖電影一點也不恐怖，是可以向國家反詐中心檢舉的程度。』

隔十分鐘。

『嗷。』

『不過這鬼的叫聲挺特別的。』

『嗷嗷嗷。』

又隔十分鐘。

『半小時了。』

『你還沒回我。』

『你是不是在外面鬼混？』

林折夏低著頭，一個字一個字，格外認真地打下後半句：『然後玩得太開心，忘了我這個爹。』

這句話傳出去沒過幾秒，對面終於有了動靜。

備註為「吃藥」的聊天畫面最上面出現一行字：『正在輸入中……』

片刻後，幾行透過網路都能看出囂張的字元出現在聊天畫面。

『在鬼混，很忙。』

『至於沒回妳是因為，懶得跟搞不清楚輩分的人聊天。』

她還沒來得及回覆，對面又傳過來一句話：『妳在哪看電影？』

林折夏環顧了一下這間屋子，這裡和她自己的房間風格完全不同，一看就是男生的房間，客廳裝了投影機，這也是她今天會拎著零食出現在這裡的主要原因。

但她有點不好意思直說，回了三個字：『電影院。』

『？』

想到恐怖電影根本沒在電影院上映，林折夏改口：『……私人影院。』

『哦。』

林折夏心知這人沒那麼好糊弄，果然，「哦」的下一句就是：『拍張照看看，我這輩子還沒去過私人影院，讓我見見世面。』

『……』

她去哪拍。

瞞是瞞不過了，於是她只能誠實地回答：『你家。你不是新買了個投影機嗎，結果你剛買完就出遠門了，我替你試試看好不好用。』

對面好像早就猜到了這個回答。

隔幾秒，又跩裡跩氣地甩過來一句話：『所以，誰是爹？』

『……』

『你。』

林折夏手指在螢幕上點著，連掙扎都省略了，從善如流地道歉：『是我沒有搞清楚輩分。』

『爸爸。』

話題聊到這裡，被一通電話打斷。

電話裡是林荷熟悉的聲音：『夏夏，等等吃飯了，妳什麼時候回來？』

「我忘了看時間。」林折夏手忙腳亂地把電影暫停，「馬上就回去。」

林折夏回去的速度很快。

林荷打完電話，剛把飯菜端上桌，林折夏已經到門口了：「媽媽——我回來了。」

林荷看了她一眼：「從遲曜家過來的吧。」

林折夏沒想到她一猜就中：「要不然妳改行去算命吧。」

「還用算嗎，」林荷能按照時間估算女兒的行動路徑，「回來得那麼快，妳總不能是在社區裡散步。不過遲曜那孩子假期不是不在家嗎，說是……親戚家有點事，去探親了？人不在家，妳去人家家裡幹什麼？」

遲曜。

她青梅竹馬。

也就是剛才聊天訊息裡說話踐裡踐氣的那位。

兩個人從很小就認識。

遲家就住在她家對面那棟公寓，來回時間不超過三分鐘。

她從臥室窗戶往外面看，都能看到他家拉著的窗簾。

林折夏慢吞吞地往嘴裡塞著飯，著實不太好意思說自己單方面去幫遲曜試試他新買的投影機品質怎麼樣。而且放假在家，總是很容易挨林荷各種數落，於是替自己找了一個理由：「他……他說他出門的時候太急，不記得窗戶有沒有關，讓我去看看。」

林荷沒起疑。

作為一名「準高一生」，林折夏這個假期過得很瀟灑。

她升學考成績考得不錯，畢了業，假期自然也沒作業。

林荷顯然看不得自己女兒過得那麼瀟灑：「我幫妳買了幾本高中講義，暑假就先學起來，免得開學後跟不上。」

「……」林折夏把飯嚥下去，「高中……講義？」

「笨鳥先飛，這道理妳應該懂。」

林折夏為自己辯駁：「我都考上區升學高中了，和遲曜同個學校，也不算笨鳥吧。」

成績早就出了，各校分數線也隨之公布。

林折夏之前模擬考的成績一直上下起伏，遇到合適的試卷就坐火箭般上升，遇到不合適的就成績平平，導致不到最後一刻所有人都不知道她會考出什麼分數。

好在最後考卷對她來說挺適合的。

林荷總結道：「妳那是超常發揮，屬於偶然事件。」

「而且妳怎麼好意思提自己和遲曜同個學校？」

林荷說話慢悠悠地，語氣裡帶著點不可思議：「你們雖然是同個學校，但妳卡著分數線進去，人家超過錄取分數線九十多分。」

「……」

林折夏覺得嘴裡的飯吃起來有點噎。

「不過說來也奇怪，」林荷話鋒一轉，「他那麼高的分數，可以報一中，怎麼會留在這裡。」

一中是漣雲市市升學高中，林折夏沒往市裡報，一來考不上，二來離家太遠。主要還是考不上。

她堅定地報了二中，雖然兩個學校只差一筆，分數線卻差了一截。

她和遲曜雖然是青梅竹馬，但只有小學同校，因為她那時總混在男孩堆裡，林荷覺得她性格不太像女孩子，小學畢業後就把她扔去一所女校。

現在女校生涯結束，才久違地又和這人同校。

林折夏想了想：「可能是因為離家近吧。」

說完，她試著轉移話題，見飯桌上只有她和林荷兩個人，又問：「魏叔叔呢？」

林家是重組家庭，林父在她很小的時候就離開了，林荷一個人辛苦扶養著她，在她七歲那年，遇到了魏叔。也正是因為家庭重組，林折夏才在七歲那年搬家搬來了這裡。

「妳魏叔公司有點事，」林荷夾菜給她，「應該會晚點回來。」

林荷夾完菜又把話題繞了回去：「三本講義會不會不夠，聽說高中難度確實提升了很多，很多人都在請家教呢。」

「三本已經……很夠了。」

「妳假期又沒事幹，閒著也是閒著。」

林折夏捧著飯碗，這飯實在是噎得吃不下去了。

接下來的日子，林折夏過得水深火熱。

躲在遲曜家裡借用投影機的日子一去不復返。

擺在她面前的是三本講義，分別是：《精選：暑期提高訓練》、《提前步入高中》和《邏輯訓練一百題》，每天二十頁。

每、天。

『嗚嗚嗚。』

『生活在向我施壓。』

『我好苦。』

『我活不下去了。』

林折夏寫題間隙，把手機壓在講義下面，對著手機螢幕一個字一個字地打：『我快被壓、垮、了。』

對面這位用他持續性踐裡踐氣的態度做出了回應。

『清明燒紙給妳。』

林折夏：「……」

她深呼吸後從聊天畫面退出去，點開聯絡人，把和遲曜諧音的備註「吃藥」改成了「遲狗」。

「遲狗」兩個字也不是很解氣，但以她貧瘠的詞彙量，以及良好的個人素養，暫時想不出其他更具侮辱性的詞。

她不打算和遲曜聊天了。

她在聯絡人列表裡點了幾下，點開另一個聊天畫面。

然後啪嗒啪嗒一通輸出。

『遲曜。』

『你不是人。』

『你是狗。』

『等你回來，我一定要揍你。』

備註為「大壯」的聯絡人回了一長串刪節號。

大壯：『…………』

大壯：『你們又鬧什麼矛盾了。』

大壯：『不是，妳罵他，倒是別對著我啊。』

林折夏回覆：『這不是怕打不過嗎。』

大壯：『學到了。』

社區同齡人很多，大壯也是他們從小一起長大那一撥裡的一員，大壯名字叫何陽，小時候比較胖，故而幫他取了外號「大壯」。

何陽問了一下前因後果之後，安慰她：『知足吧，我傳訊息給他他都不回的，偶爾回兩個字，還是已閱。妳這有，我數數啊，六個字呢。相比之下，我曜哥給妳的回覆是多麼熱情，我都忍不住心生嫉妒，妳偷著樂吧。』

這次輪到林折夏沉默了。

『我謝謝你。』

林折夏放下手機，又寫了幾道題，時針過十一點，正準備休息的時候，忽然間想到自己之前落在遲曜家的那一大堆零食。

「本來還想留給你吃的，也算沒白借用你的投影機，」林折夏用筆尖輕輕戳著書頁，喃喃自語道：「但是沒想到你不做人。」

林折夏想到這裡，打定了主意。

她扔下筆，想把自己的零食拿回來。

她匆忙出門的時候，並沒有注意到對面公寓裡，某扇原本漆黑一片的窗戶忽然亮了起來。

十一點多。

社區裡一片漆黑，只剩下路燈還亮著。

林折夏拿著鑰匙，熟門熟路地跑進對面公寓。

她會有遲曜家鑰匙，主要原因還是她從小總往他家跑。頻率過高，遲曜覺得煩，就把備用鑰匙甩給她讓她自己開門進來。

這串鑰匙就這樣在她手裡待了很多年。

遲曜父母工作很忙，平時都在外面跑生意，家裡基本上就遲曜一個人。

所以林折夏把鑰匙插進鎖孔裡時，完全沒注意門裡是不是有聲音。

她開了門，發現裡面的燈居然亮著。

然後她在客廳掃了一眼，看到一個黑色行李箱。

上次她過來，沒見到這行李箱。

她甚至都來不及去想是誰回來了。

下一秒，浴室門被拉開。

出來的人身上套了件黑色T恤，頭髮沒擦乾，略長的碎髮墜在額前。

他個子很高，處在少年期，骨骼似乎還沒完全長開，所以給人的第一感覺居然是腰細腿長。皮膚被黑色衣服襯的白得過分，看起來甚至有些病懨。

少年輪廓分明，眉眼似乎被加重勾勒過，不羈且散漫。

他此刻正垂著眼，眼尾狹長，雙眼皮是很深的一道。與濃墨重彩的眉眼不同的是，他的瞳孔顏色意外地很淡，沾著些許鋒芒。

遲曜掃了開門進來的林折夏一眼，半晌，不冷不熱地扯出一句：「是不是挺意外的。」

「？」

像是沒看見林折夏迷惑的表情，他又扔下一句：「妳爹回來了。」

林折夏知道他不擅長做人，但沒想到能不做人到這個程度。

她一時間不知道怎麼回擊，只能先憋出一句禮貌問候：「你什麼時候回來的？」

剛洗過澡，遲曜說話帶著點懶倦，仍擋不住少年音色：「半小時前。」

「那你覺得，我們這麼長時間沒見，你一回來就這樣跟我說話，合適嗎？」

「哪不合適？」

林折夏控訴：「那是人話嗎？」

「我不說人話，」遲曜掀起眼皮，漫不經心地表達出幾分驚訝，「妳都能聽懂。」

「……」

「看來妳挺有語言天賦，下次樓下那隻黃金獵犬再亂叫的時候，過來幫我聽聽牠想說什麼。」

「…………」

話到這，聊不下去了。

如果繼續下去，就會變成她也不是人。

好在林折夏的適應能力很強，畢竟跟這人認識也不是一天兩天了。

她慢吞吞地說：「我問你個問題，你要如實回答我。」

說話間，遲曜已經越過她，打開冰箱從裡面拎出一罐汽水。

汽水不斷冒著涼氣。

他單手拎著那罐汽水，三根骨節分明的手指握住易開罐，然後屈起食指，食指順勢扣進拉環間隙，與單手拉開易開罐的「啪」聲幾乎同時響起的是他從嘴裡吐出的一個字：「問。」

「如果我現在打你，我有幾成勝算？」

「一成。」

「說來聽聽，」林折夏豎起耳朵，「展開講講。」

遲曜一手拎著易開罐，另一隻手搭在她肩上，看似是在攬著她，實則把她一路往門外推。林折夏很快被他推出去，然後她眼睜睜看著這狗東西把她擋在門口，低垂著眼看著她說：「現在立刻調頭回家，關燈上床，然後爭取晚上夢到我。」

末了，他甚至勾起嘴角補上一句，「晚安。」

林折夏回到家，洗過澡，躺在床上翻來覆去半天。

她還是氣不過，點開和「遲狗」的聊天畫面，傳了一組暴打貼圖洩憤。

『（打你.jpg）。』

『（錘你腦殼.jpg）。』

『（手提十公尺大刀一路狂砍.jpg）。』

『（阿嗟.jpg）。』

最後她也學著遲曜，自以為冷冰冰地來了一句：『晚安。』

傳完後她很快睡了過去。

她是個很少會帶著情緒過夜的人，不然也不會和遲曜這種人維持那麼多年的友誼。

等一覺睡醒，她又跟沒事了一樣。

早上「南巷小分隊」群組傳訊息問大家去不去遲曜家一起看電影的時候，她咬著油條回了個「好」。

他們住的這裡叫「南巷」，南巷是社區門口那條街的街名。

群組裡的人不多。

叫「南巷小分隊」的主要原因，是林折夏當初提議用社區名字就很像普通居民群組，顯示不出氣勢，而用街名聽起來就很有街頭霸主的感覺。

——這個林折夏小學時的幼稚發言在當時被通過，並且再沒換過名字，一直延續到了現在。

「媽，我等等去遲曜家一趟，」林折夏說：「我們今天有活動。」

林荷和魏叔叔坐在對面吃早餐。

林荷知道他們這圈孩子走得近，沒有多說什麼，只問：「遲曜回來了？」

三個人坐在一起。

林折夏說話顯得比平時沉穩些：「嗯，他昨晚回來的。」

魏平也很客氣地說：「正好，我昨天剛買了西瓜，妳到時候拎過去吧，大家一起分著吃了。」

林折夏喝了口豆漿，吃得差不多了，準備去收拾東西：「謝謝魏叔叔。」

不料走之前，林荷不忘塞給她比西瓜更沉重的東西。

「妳的假期作業，」林荷急匆匆把林折夏房間裡的作業整理好，「帶過去抽空寫，免得玩太晚，把今天的作業都忘了。」

林折夏看向那疊折磨了她好幾天的作業。

她拖拖拉拉地說：「這不好吧。」

「有什麼不好？」

「我帶著作業過去，」林折夏都能想到遲曜會怎麼嘲笑她，「會很沒面子。」

林折夏試圖說服林荷：「妳想想，這就像出去玩帶家長一樣，挺不合適的。」

最後回應她的是林荷「砰」一聲，乾脆俐落關上的門。

這場臨時籌組的小聚會，林折夏是第一個到的。

她和遲曜離得最近。

幾分鐘後，遲曜幫她開門。

他看起來像是剛睡醒，頭髮有點亂，但亂得好像故意用手抓過。

空調溫度開得很低，寒氣隨之撲面而來。

他垂下眼掃了她手裡拿著的東西，把西瓜從她手裡接過去之後，還沒開口，林折夏就先發制人：「看到我這疊作業了嗎。我這個人，就是這麼熱愛念書。」

「我哪怕出來玩，也不忘記念書。」

「……」

遲曜「哦」了一聲。

「我今天就要一邊玩一邊寫二十頁，」林折夏拎著那疊作業，盡可能讓自己看起來十分泰然自若，「這是我的念書態度。」

「挺好的。」

林折夏聽見這句，直覺沒這麼簡單，果然，遲曜下一句就是：「畢竟擦線進二中，是該拿出點態度。」

你以為，你高出分數線九十分，很厲害嗎？

林折夏咬牙切齒地想。

當然這幾句話她說不出口，因為高出九十分，確實是很厲害的。

「你那麼厲害，」林折夏跟著他進屋，自己低聲碎碎念，吐槽說：「你報什麼二中啊。」

人很快到齊。

這次聚會總共來了五個人，一下把正中央的大沙發坐滿了。

大壯第一個進來，他人長得其實並不壯，相反還挺瘦的。單眼皮，很健氣少年的樣子。

大家平時都以兄弟相稱，大壯進門喊完「曜哥」，又轉頭來了一句「夏哥」。

「夏哥寫作業呢，這不是妳的風格啊。」

「我看這堆零食比較像妳的風格。」

「……」

什麼叫像。

這堆零食就是她忘記拿走的。

林折夏不跟他們擠，獨自縮在旁邊偌大的懶人沙發裡，作業攤在腿上，眼皮一掀：

「話這麼多，是不是想替朕分憂？」

就這一句話，所有人集體噤聲，不敢再調侃她的作業。

幾人湊在一起，開始選電影。

選來選去最後選中一部槍戰片：「這個好，熱血，就這個吧。我夏哥應該也沒什麼意見，她一定也是個熱血的人。」

說完，有人起身關了燈。

電影前奏響起。

林折夏匆匆算完手頭上那道題，抬眼就看到遲曜拎著幾罐冰鎮汽水走過來。

他往客廳走的時候，投影機射出來的藍色螢光正好打在他身上。

這人眉眼本來就好看得太有攻擊性，此刻冷色調的光無意間鍍在他身上，顯得整個人看起來有種不可一世的倨傲感。

遲曜把汽水扔給他們之後，走到林折夏旁邊。

隨後，她旁邊的沙發陷了下去。

林折夏不想跟他擠，雖然這個位置其實很寬敞：「你就不能坐其他地方？」

遲曜涼涼地問：「這妳家？」

「……」

末了，他又拎著手裡的汽水問，「喝不喝？」

「喝。」

林折夏正要下意識說「謝謝」，結果「謝」字還沒說出口，那隻拎著汽水的手忽然轉了個彎，又收了回去，隨後那道清透但總帶著倦意的聲音再度響起：「……我該坐哪？」

林折夏咬了咬牙，心說這人還是一如既往的小氣。

她直接投降，配合道：「你想坐哪裡就坐哪裡，你現在坐在這裡，就挺合適。」得到答案，遲曜手一鬆，把汽水給她。

林折夏暫時不打算喝。

她手上那道題還差最後一個步驟，題目條件已經記下，於是摸著黑，低頭在本子上繼續演算。

電影開場後，第一段劇情就是主角被困在山洞，光線變暗很多。

音效一驚一乍的，聽起來非常刺激。

不想耽誤開篇劇情，她草草算完勾了個「C」選項。

她對看什麼電影沒要求，口味很博愛，槍戰片也看得津津有味，還在遲曜旁邊當起人形彈幕，胡亂猜劇情：「這人立 flag 了，他十分鐘後必死。」

「果然死了。我，林某，預言家。」

「我看這位施主印堂發黑，他大概也離死不遠。」

又過十幾分鐘。

林折夏接著叨叨：「……我等好久了，他怎麼還活著啊。」

遲曜看電影的時候不怎麼說話，給人冷淡專注的感覺。

他本來也不是話多的人，就算平時嗆她，也都嗆得非常居高臨下。

此刻他整個人都半隱在這片黑暗裡，依稀能看見一點身形輪廓。還是昨晚那件黑色T恤，但他腿太長，跟沒地方放似的微屈著，他穿了件黑色破洞褲，屈起腿後手臂順勢搭在上面。

不過林折夏也不需要他回應，畢竟，彈幕有沒有人回覆並不重要，她可以單方面輸出。

所以她默認了遲曜在專心看電影，並不想分散精力給她這件事。

到中途，她才覺得口渴。

正好那罐汽水放了半天，也沒那麼涼了。

她拿起汽水的瞬間，不知怎麼地，忽然想到昨天晚上遲曜開易開罐的那一幕。

單手開易開罐，好像挺帥的。

她說不定也行？

林折夏模仿昨晚遲曜的動作，試圖單手拉開易開罐，然而她力氣小，也不清楚具體動作，根本不得要領。

她……似乎……不行。

她後知後覺地發現這行為多少有點丟人。

好在大家都在看電影，沒人注意她這邊的動靜。

然而就在她準備放棄，安安靜靜當作無事發生的時候，一隻手忽然從旁邊橫著伸了過來。那隻手按在她正要鬆開的手上，三根手指扣著易開罐，然後食指壓著她的，引導她的食指扣進正確的位置。

那根骨節明顯比她凸出很多的手指向下用力，借了點力給她。

「啪」，拉環卡在她食指指節上，她成功把易開罐拉環拉開了。

汽水冒出細微的「滋滋」氣泡聲，一股很淡的檸檬味跟著鑽了出來。

「妳這智商，」遲曜收回手的時候說：「三本作業可能不夠。」

林折夏一時間有點愣。

易開罐指環還孤零零地套在她手指上。

主要是遲曜這一下，讓人毫無防備，跟突然襲擊似的。

明明剛才還一副不想理她的樣子。

於是等她反應過來，已經錯過了最佳回擊時機。

她只能回一句：「就你聰明，我又沒練過，不會開也很正常。」

林折夏繼續慢吞吞地說：「而且誰知道，你是不是為了耍帥，私底下偷偷練了很久。」

「……」

說話間，遲曜已經把手收回去了，仍搭在膝蓋上，繼續看電影，收回剛才施捨般掃過她的眼神，只扔下一句：「我看起來很閒？」

電影後半段就是很常規的劇情，主角一行人找到了幕後反派，然後在殊死關頭和反派決鬥，伴著「突突突」的音效，幾個人都看得移不開眼。

林折夏喝了手裡的檸檬汽水一口，也跟著繼續看。

看完電影，何陽他們提議想玩桌遊。

對於這群放暑假的學生來說，最不缺的就是時間。

何陽自帶桌遊卡牌，從口袋裡掏出來一疊黑色卡牌：「我幫大家發，要玩的聚過來，我講一下遊戲規則。」

「曜哥，」何陽發到他們這邊的時候把剩下那疊牌遞了過去，「抽一張？」

遲曜看了他手裡的牌一眼，沒接：「有點睏，我睡一下。」

何陽轉向林折夏：「行，夏哥妳抽。」

林折夏跟複製貼上似的，套了遲曜的範本：「你們玩，我寫作業。」

「……」

何陽把牌收了回去，習以為常：「你們每次都搞特殊。」

他們「南巷小分隊」裡的人雖然都一起長大，但關係總有遠近，群組裡所有人都默認一個事實：林折夏和遲曜，這兩個嘴上不對盤的人，實際上是所有人裡關係最近的一對。

遲曜說有點睏，還真的睡了一下。

林折夏猜想他昨天晚上趕回來，應該是折騰了一路。

只不過他沒回房間睡覺，可能是沒打算睡太久，直接在林折夏旁邊睡了。

懶人沙發本來就放在地毯上，可以直接把頭枕在上面睡地毯，但某個人腿太長，睡地毯都睡得有點擠。

林折夏低頭看了自己的腿一眼，比了一下長度，然後默默翻開剛才沒寫完的作業。

她作業寫到一半，遲曜睡醒了。

林折夏正徜徉在學習的海洋裡，渾然不知，直到她聽見一句：「這題錯了。」

過半分鐘，又是一句：「這題也不對。」

「……」

「妳能擦線進二中，」遲曜最後評價說：「不容易。」

林折夏筆尖在紙上頓了頓，回敬他道：「謝謝你的肯定，運氣確實是實力的一部分。」

最後事情就發展成了何陽他們在旁邊玩桌遊，一群人嘰嘰喳喳的鬧得不行，遲曜就在這片嘈雜聲裡跟她講題目。

他剛睡醒，一隻手撐在地毯上，坐起來靠近她，另一隻手手指圈著筆，三兩下在她書頁空白處寫著解題步驟。

「這題是有點難，」林折夏替自己找場面，「綜合題，失分點本來就比較多。」

遲曜的字和他的人很像，筆鋒灑脫，字很好看，只是寫得太快，稍顯混亂。

「難？」他勾著筆寫下最後一個字，「這題我都懶得解。」

「……」

冷靜。

冷靜一點。

拋開現象，看本質。

怎麼說這人現在也是在幫她講題。

而且也不是第一次了。

認識那麼多年，他講題一向就是這風格。

成大事者不拘小節。

所以，千萬要、冷、靜。

林折夏在心裡替自己做疏導，很快調整好情緒：「真是辛苦你了，你居然願意動一動你高貴的手指頭，在我的作業本上留下你價值連城的字跡，我非常非常感動。」

遲曜扔下筆，根本不吃她這套。

林折夏照著他給的步驟去對剛才的題。

遲曜其實經常跟她講題，經常到林折夏習以為常的程度。

她一邊擦改原先的答案，一邊和遲曜聊起他前段時間去隔壁市探親的話題：「對了，你前幾天去哪探親？」

「隔壁市。」遲曜說：「一個親戚家的小孩，辦周歲宴。」

林折夏一邊改一邊說：「那有沒有抓周什麼的？我小時候抓的……」

她話還沒說完，遲曜就把她的話接上了：「妳抓了桌布。」

「我之前說過嗎？」林折夏沒什麼印象了，畢竟她和遲曜兩個人每天說那麼多話，什麼說過什麼沒說過，很難記住，「你記性真好。」

遲曜說話語氣帶了點嘲諷：「哦，這跟記憶力沒關係，但凡一個人把她做過的蠢事對著妳重複三遍以上，妳也會記住。」

「……」

林折夏適時轉移話題：「你小時候抓什麼？你應該沒抓東西吧。」

遲曜確實沒抓。

「沒辦。」他說。

「沒辦？」

「周歲宴，」遲曜不怎麼在意地說：「那年家裡生意太忙。」

林折夏想起遲曜他媽那張有些冷淡的、氣場很強的臉，很早之前就聽林荷說過遲曜他媽當年剛生完孩子就復工了，像她這樣的女強人，沒辦周歲宴一點也不令人意外。

半晌，林折夏說：「所以你果然沒抓東西。」

「……？」

她又一字一句地接著往下說：「難怪現在，那麼不是個東西。」

遲曜回來之後，林折夏的作業就有著落了。

從遲曜回來的第二天開始，林折夏就總帶著作業往遲曜家跑。

「媽，」林折夏這天跑出去的時候風風火火地說：「我去遲曜家，中午可能不回來吃了，不用等我。」

有時候林荷也會有點意見：「妳現在是大女孩了，別總跟小時候似的，整天往人家家裡跑。」

林折夏：「沒事，在遲曜眼裡，我不算女的，能勉強算個靈長目人科人屬動物就已經很不錯了。」

只是除了林荷以外，還有一個人對她也有點意見。

林折夏帶著作業敲開遲曜家的門，遲曜看見她就想關門。

林折夏抱著作業，騰出一隻手，手按在門板上，試圖從門縫裡擠進去：「我來寫作業。」

遲曜用「妳有病」的語氣跟她說話：「妳得了離開我家半步就寫不了作業的病？」

林折夏說：「題有點難……」

遲曜：「換地方應該沒用，可能得換個腦子。」

林折夏繼續擠：「你就當日行一善。」

一直在反覆推拉的門在她說完這句話之後忽然靜止不動了。

遲曜手搭在門把上，沒有繼續使勁。

於是那扇半開的門就像卡住了一樣。

透過那道縫，剛好能看到遲曜的半張臉。

林折夏看見他垂在眼前的碎髮，削瘦的下顎，以及忽然扯出的一抹笑。

他整個人給人的感覺都太有距離感，哪怕笑起來，那股冷淡的囂張氣焰也依舊揮之不散。

「抱歉。」

「我從不行善，」遲曜皮笑肉不笑地說：「因為我，不是個東西。」

林折夏：「……」

林折夏懷疑他根本就是在藉機報復。

她那天不就隨口說了一句嗎！至於嗎！

幾秒鐘後，她眼睜睜看著遲曜家的門在自己眼前關上。

林折夏帶著作業蹲在遲曜家門口賴著不走。

一邊蹲一邊掏手機傳訊息給遲曜。

『放我進去吧 orz。』

『外面的風好大。』

『我好冷。』

半分鐘後。遲曜回覆了，並提醒她：『妳在走廊裡。』

『我是說我的心，漏風了。』

『……』

遲曜後背抵在門上，只跟她隔著一扇門，看到這句，低聲罵了句「傻子」。

然後他手指在螢幕上頓了頓，打下幾個字：『自己開門進來。』

他還沒按下傳送，就聽見門外有了新動靜。

是隔壁鄰居開門的聲音。

對面住了一對老人家，老人家應該是正好出門扔垃圾，大家在這居住多年，彼此都很熟絡，一看是林折夏，老爺子對她打了個招呼：「小林啊，又來找遲曜？怎麼在門口蹲著？」

「王爺爺。」

林折夏說話聲音變大了不少，故意說給門裡那位聽：「我是來請教題目的，這個暑假，我一刻不敢鬆懈，每天都堅持寫練習題，我一心只有念書。我會蹲在門口是因為——遲曜他這個人太小氣了，他擔心我變得比他聰明，超越他的成績，所以不肯教我，把我拒之——」門外。

但「門外」這兩個字沒能說出口，「咔」地一聲，門開了。

林折夏感覺到身後有一股力量，那股力量拽著她的衣服後領，直接將她向後拽了進去。

遲曜一邊拽她一邊說：「帶著妳的作業，滾進來。」

這年八月的蟬鳴從月初一路熱烈地延續到月末。

林折夏對這年夏天的記憶，是遲曜家的空調冷氣，是桌上滋滋冒泡的檸檬汽水，還有那疊寫著寫著逐漸變薄的作業。

遲曜會在她寫作業的時候，在她旁邊欠揍似的打遊戲。

這人打遊戲一如既往的不上心，手指隨意地在畫面上點著，林折夏有時候往他那瞥一眼，經常能瞥見一句醒目的「五殺」提示。

遲曜家的書桌很寬敞。

更多時候，他會在書桌另一頭睡覺。

手垂在桌沿處，另一隻手搭在頸後，活像課堂上坐在教室後排不聽課的學生。

假期就這樣過去大半，轉眼到了快開學的日子。

這天飯桌上，林荷提起開學的事情：「馬上要開學了，收收心，調整一下狀態，高中是很重要的階段，知道嗎？」

林折夏聽著，一邊戳碗裡的米飯一邊點頭。

「對了，妳魏叔還買了點新的筆記本給妳。」

林折夏忙道：「謝謝魏叔叔。」

林荷補充：「還有新書包，吃完飯妳看看喜不喜歡。新學年，新氣象。」

飯後，林折夏坐在沙發上拆禮物，魏平也坐了過來。

林荷不在的時候，她和魏平兩個人相處，多少有幾分尷尬。

林折夏打破沉默：「謝謝叔叔，書包很好看，我很喜歡，您要……喝點水嗎？我去幫您倒水。」

魏平戴著副眼鏡，看起來老實且文雅：「啊不用，謝謝。那個，妳喜歡就好。」

魏平又說：「妳要吃點水果嗎，我去幫妳切個柳丁。」

林折夏剛吃完飯，拒絕道：「我也不用，謝謝叔叔，不用麻煩了。」

一番寒暄後，話題很快告終。

林折夏低頭玩起了手機，她習慣性點開和遲曜的聊天畫面。

百無聊賴傳過去幾句：『你在幹嘛？』

『馬上開學了。』

『我們這次在同個學校！可以！一起去上學了欸！』

『我們會不會分到同個班啊？』

遲曜沒回。

她等了一下，便退了出去。

旁邊，魏平輕「咳」了一聲，好不容易找了個話題：「馬上開學了，要去新學校，緊不緊張？」

林折夏想了想，回答他：「還好，不怎麼緊張。」

她是真的不怎麼緊張。

如果非要說緊張的話，緊張的不是去新學校這件事，而是她的成績確實有點尷尬。

雖然考進了二中，但再怎麼說，也是超常發揮擦著分數線才進去的。

林折夏一直是個很有自知之明的人。

雖然感性上她不想寫林荷額外安排的作業，但理智上，她很清楚自己確實需要這些作業。

她知道自己成績不行，是該更努力些，所以她每天都保質保量完成這二十頁作業。

而這段時間因為有遲曜在——雖然這個人講題的風格不太友善，時常伴隨冷嘲熱諷和人身攻擊，但是也因為他，她的的確確提前掌握了很多高一的知識內容。

這些天在遲曜的「補習」下，她漸漸發現，開學帶來的那一丁點緊張感，已經消失不見了。

她說完，手機螢幕亮了一下，『您收到兩則新訊息。』

遲狗：『從分數上來說。』

遲狗：『不太可能。』

隔了一下，螢幕又亮了下。

『還有。』

『能和我同校已經是妳的榮幸。』

『別要求太多。』

「……」

林折夏對著這幾則訊息，不禁反思，她是不是晚上飯吃太飽了。

不然怎麼，吃飽沒事幹，傳訊息給這個人。

第二章　風雲人物

開學當天，林折夏早早吃完早餐，拿上沒喝完的牛奶背起包往遲曜家樓下跑：「媽，魏叔叔，我去上學了。」

社區出門走一段路就有公車站，公車坐八站就能到二中，加之她和遲曜一起上學，林荷他們沒什麼不放心的：「嗯，去吧，到學校好好聽課。」

她提前兩天收到了課本和新校服。

二中校服樣式簡單，整體是白色，只有領口和袖子用了紅黑拼色。

——這個顏色比她之前學校那件粉白色校服成熟得多，且酷。

林折夏穿上新校服，覺得自己都跟著成熟了。

這個年紀的女孩子對「長大」這個詞異常嚮往。

當她跑到遲曜家門口，遲曜也剛好推開公寓門出來，她三兩下越過臺階跳到他跟前，笑著說：「你看我。」

遲曜反手關上公寓門，沒被突然湊到面前的林折夏嚇到。

沒被嚇的主要原因是——就算林折夏猛地湊上來，但由於身高上的差距也不會真的湊到他面前，只堪堪到他下巴。

眼前的女孩子簡單綁了個馬尾辮，頭髮細軟。再往下是一張沒什麼攻擊性、還沒完全長開的臉。林折夏並不是很張揚的那種長相，她算是典型的南方女孩，白淨且清純，下巴尖尖的，眼睛是略顯冷清的內雙，但是笑起來像隻小狐狸。

「看什麼，」遲曜低下頭說：「看矮子？」

「……」

林折夏一天的好心情被「矮子」這兩個字擊碎，她咬牙說：「看我的新校服。開學第一天，我還想當個好學生，你別逼我動手。」

「那妳得往後退點——」遲曜拖長尾音，「妳這樣我看不見。」

林折夏憋著氣說：「那你真可憐，年紀輕輕就瞎了。」

雖然有點生氣，但這是林折夏久違地和這人一起上下學，雖然國中那時兩人放假時間也總湊在一起，但一到上學時間，她就只能孤零零自己去女校，想到這一點，她立刻就不氣了。

遠處。

何陽他們也準備去車站，遠遠看到他們，向兩人招手：「曜哥，夏哥——你們等等我——」

林折夏跟在遲曜旁邊走過去，打招呼道：「你也去車站？你坐幾路車？」

何陽無語道：「你們能不能多關心關心我，我跟你們順路，都坐3路。」

遲曜也對此表達出幾分驚訝，具體表達方式為，他紆尊降貴般地抬起眼，掃了何陽一眼。

「……」

根據多年相處經驗，何陽敏銳捕捉到了遲曜這一瞥：「不是吧，你們沒一個人知道我考上的就是二中……旁邊，相距三站路的實驗附中嗎？」

遲曜收回那一眼：「現在知道了。」

何陽：「……」

林折夏跟著說：「我現在也知道了。」

「原來你考上的是實驗附中，」遲曜扔下那句話之後就不再說話了，林折夏考慮到何陽的心情，她拍著何陽的肩膀多說了幾句，「雖然離二中還有一段不小的差距，但我相信只要你刻苦念書，還是有機會追上我們的，加油，大壯。」

何陽心情更為複雜：「夏哥，不會說話，可以少說點。」

何陽沒複雜多久，又喋喋不休：「說起來，你們這次居然同個學校，真羨慕。」

林折夏：「不用羨慕，你勉強也能算我們的精神校友。」

何陽沒懂她這個梗，倒是遲曜聽後笑了一聲。

林折夏解釋道：「因為你就在二中……旁邊，相距三站路的實驗附中，算半個精神校友。」

何陽：「……謝謝。」

幾人像從前那樣邊聊天邊走出社區大門，藍底白字的「南巷街」路標數年如一日豎在街道路口。

但是林折夏這次經過路口的時候，卻說不上來，感覺好像有什麼悄悄地變了。

也許是因為身上的新校服。

也許是「高中生」三個字。

也許，是因為十六歲。

這感覺就像一個平時一直悶頭生活的人，忽然間抬了頭，然後發現自己不知不覺，已經站上了人生下一個階段的路口。

從公車站下去，學校門口人來人往。

門口公布欄裡貼著分班表，所有人都圍著公布欄，找自己的名字。

二中全稱「城安二中」，座落在漣雲市城安區區中心，也就是林折夏現在住的地方。

二中口碑還算不錯，管得相對沒有那麼嚴，並不強制學生住校。而與她「失之交臂」

的漣雲一中就管得非常嚴格，軍事化管理，連手機都不讓帶。

林折夏一邊拉著遲曜擠進去，一邊忽然沒頭沒腦地想：遲曜不去一中，可能不光貪圖離家近，更因為他有一顆自由的心。

林折夏熱切地說：「快看看在哪個班。」

被她拽著的人顯然沒有她這種熱情。

遲曜有點不耐煩：「妳不嫌擠？」

林折夏：「那你出去，我自己看。」

她沒注意到是，儘管這人嘴上這樣說，還是跟在她身後任由她拽著，一隻手虛虛攬著她的手臂，以免她被旁邊的人擠走。

林折夏一眼就在一班裡找到了遲曜的名字。

她激動地用力扯扯他的衣角，告訴他：「遲曜遲曜，你在一班。」

幾乎在同一時間，遲曜也說了一句：「七班。」

林折夏沒反應過來：「什麼七班？」

遲曜：「妳。」

兩人有時候會很默契地幹這種事。

比如就像現在，跟找碴似的，第一時間找對方的名字。

林折夏往後看，果然在最後一排看到了自己的名字：「……七班，這麼遠。」

她怕自己這句話有歧義，聽起來像是不捨，於是又解釋：「我的意思是，跟你隔那麼遠，我就放心了。」

回應她的是一聲很輕的嗤笑。

被遲曜猜中，二中果然是按成績分班。

因為入學分數，兩個人不僅不在同一個班，還被分在一頭一尾，隔了最遠的距離。

按照二中的教學方式，這個一班應該是小班，其他班都是普通班。

林折夏也說不上來自己是希望和他同班，還是不希望同班。

她和遲曜的關係，屬於湊在一起相看兩厭，但真分開，也有點不習慣。

入校後的小廣場上布置了幾座名人雕塑，穿過這片廣場，走上臺階，往裡就是教學大樓。

她跟遲曜不同班，進高一教學大樓後就不太順路。

在樓梯口分開的時候，林折夏本來都已經跑上去了，半途又蹬蹬蹬折回來，她叫住遲曜，一臉認真地說：「我有句話要跟你說。」

遲曜直覺不是什麼好話。

果然，林折夏一臉認真地說：「剛開學，人生地不熟的，你要是有什麼事，就來七班找大哥，大哥罩你。」

「……」

「說完了？」半晌，遲曜問。

林折夏想了想：「大哥要說的就那麼多，暫時沒有了。」

遲曜倚著樓梯口轉角處那面牆，微微抬了抬下巴，忽然說：「其實我在學校有不少仇家。」

「？」

「也不多，大概十幾個吧。」

遲曜想了想：「妳要是願意的話，我等等拉個群組，讓他們放學後在小樹林等妳，今天就打一架，保護我一下。」

說到這裡，他語氣微頓，尾音拉長了問：「妳看怎麼樣——大哥？」

「……」

林折夏二話不說，立刻滾了。

儘管林折夏敢在一個遠比她看起來更像大哥的人面前大放厥詞，但其實她並不是很外向的性格。

摸進高一七班之後，她在貼了自己名字的座位上默默坐下，主動跟旁邊那位叫陳琳的隔壁桌簡單打過招呼，就從書包裡拿了本書攤在桌上緩解由陌生帶來的尷尬。

倒是她旁邊這位新隔壁桌，不到三分鐘就自來熟地跟她分享小道消息：「聽說我們今天不上課，直接開學模擬考，而且考的還不全是以前學過的，有一些高一沒學的內容。」

林折夏驚訝於她的情報能力：「妳怎麼知道？」

陳琳臉上有些小雀斑，人很開朗熱情的樣子，她晃晃藏在課本下的手機。

「學校論壇，」陳琳解釋說：「有高二高三的學長學姐發的文章，在上面，什麼情報都能找到。」

林折夏不像陳琳那麼熱衷網路衝浪，她連追星都沒怎麼追過，平時用手機最多也就是搜東西看影片，外加和遲曜聊天。

陳琳見她沒什麼反應，又說：「妳好淡定哦。」

林折夏「嗯」了一聲：「我這個人，遇到什麼事，都比較波瀾不驚。」

陳琳本以為林折夏特別安靜，冷不防聽到她這種不太常規的回答，倒是有點受驚。

片刻後，老師進班。果然，在簡單的自我介紹後，這位留著羊毛捲、戴眼鏡的徐姓班導師就開始下發試卷：「每人一張，學號就填你們的座位號，考試時間一百二十分鐘，考完交上來我當場批改。」

話音剛落，教室裡有人忍不住哀號。

徐老師警告：「考試的時候不要交頭接耳，我很理解你們想認識新同學的迫切心情，下午我會專門抽一節班會課留時間讓你們做自我介紹。」

試卷從第一排往後傳。

林折夏捏著黑色水性筆，拿到試卷，先從頭到尾掃了題目一遍。

她這個習慣和遲曜如出一轍。

這還是從小被遲曜帶出來的，雖然她成績沒他那麼逆天，在寫題習慣上，卻很相近。

她掃完題目發現，試卷上很多題……假期的時候她都做過，甚至還有那道遲曜「懶得解」的題，幾乎原封不動，就改了幾個數值。

「那什麼，」林折夏在左上角寫名字的時候，默默嘀咕，「那我就勉強原諒你早上罵我矮子。」

考完後，試卷交上去當場批閱。

大多數人剛剛搆到及格線，分數慘不忍睹。

滿分一百二十分，陳琳考了八十一分，拿到試卷後心態有點崩：「這應該不需要拿回去給家長看吧。」

她剛說完，徐老師念了林折夏的名字。

「林折夏，」徐老師推了推眼鏡，在念到名字的學生站起來之後多看了幾眼，「一百一十分，我們班唯一一個三位數，很不錯，繼續努力。」

臺下同學在聽了一圈兩位數的分數後，聽到「一百一十」，忍不住哄鬧起來：「我靠，一百一十。」

「這魔鬼試卷，居然真的有人能考三位數。」

「我以為剛才那個九十九會是全班第一。」

「……」

林折夏沒想到開學第一天因為模擬考分數，在班裡被行注目禮。

行注目禮還不是最尷尬的，最尷尬的是，徐老師也對她的分數頗為滿意，讓她發表一下感言。

徐老師：「有沒有什麼想對新同學說的？」

林折夏站在講臺旁邊，拿著試卷，大腦有一瞬間空白，完全不知道說什麼。

在眾目睽睽之下，她不知道怎麼想，最後來了一句：「我也沒什麼好說的，非要說的話，我只能說，大家可以向我學習。」

臺下靜默一瞬，然後有人帶頭鼓起了掌：「厲害！」

等她下了臺，陳琳也忍不住說：「妳好厲害。」

林折夏已經想穿越回去掐死幾分鐘前的自己：「我剛剛腦子可能被什麼東西夾了。」

陳琳：「不會啊，妳剛剛說話的樣子很酷，妳果然很波瀾不驚。」

「……」林折夏無法回憶，「妳就當沒見過我吧。」

她現在，就很想點開和遲曜的聊天畫面，然後對著聊天畫面打一串「啊」。

但不行，上課不能玩手機。

她和陳琳倒是意外因為這件糗事，熟絡了起來。

課後，陳琳沒理解課上講過的錯題，林折夏跟她講了一遍。

陳琳拿回試卷說：「謝謝，妳假期是補習了嗎？請家教的那種？」

林折夏想到遲曜那張看起來根本請不起的臉：「算是吧……」

陳琳：「那妳家教老師教得還挺認真的，這些題居然都教過。」

「他也沒那麼好，」反正遲曜也不在這，林折夏張口就說：「他這個人，長得醜，脾氣差。」

陳琳：「啊？」

「還特別愛裝。」

林折夏最後說：「……反正就是不怎麼樣，主要還是我天資聰穎。」

誰也不知道的是，她在下課時悄悄拿出了手機，點開和某個人的聊天畫面，認認真真地傳一個小人下跪的貼圖過去，並打下幾行字。

『（跪.jpg）。』

『超級無敵大帥哥遲曜。』

『你真棒。』

『有你真好。』

『你、就、是、我、爹！！！』

而對面那位超級無敵大帥哥很高冷地回過來五個字：『再發瘋封鎖。』

高中生活和林折夏想像的有點不同。

看似沒有太顯著的變化，依舊是上課和考試，但實際讓她感到更多變化的是周圍的同學，大家似乎開始注重一些緋聞和八卦，比如說「誰和誰在談戀愛」、「誰和誰以前同個學校的，關係不簡單」。

她前排那名女生，課後會偷偷去洗手間補口紅，儘管口紅顏色很淡，塗了跟沒塗其實沒有太大差別。

還有身邊的陳琳，緊跟學校熱門話題，下課跟她聊天，從「我們年級有個第一天就在論壇大殺四方的帥哥」，一路跟她分享到「下週我們應該會安排為期五天的軍訓」。

林折夏埋頭寫作業，陳琳話題轉太快，她只能記住最後一句，隨口應道：「下週要軍訓？」

陳琳：「是啊，本來還以為能躲過去，這麼熱的天，還得出去曝晒五天。」

話題很快過去。

林折夏寫完作業，偷偷在桌子抽屜裡打開手機，傳給遲曜一句：『在不在在不在在不在？』

下課時間，對面回得很快。

遲狗：『？』

林折夏立刻告狀：『你這個人怎麼這樣，上學居然玩手機，警告一次。』

遲狗：『有病。』

林折夏進入正題：『給我看看你們班的課表。』

她緊接著又傳一句：『想看看你們班跟我們班有沒有重疊的課，比如體育課，通常都是幾個班一起上的。』

遲曜這次倒是沒繼續嗆她，拍了張照傳過來。

遲狗：『（照片）。』

林折夏一語成讖，一班和七班的體育課還真的在一起。

今天剛好撞上，都在最後一節。

體育課前，陳琳拉著她去學校福利社買吃的：「……好餓。」

林折夏收拾東西：「走吧，我正好也過去看看。」

陳琳興致勃勃：「聽說福利社裡的壽司捲特別好吃。」

福利社就在學生餐廳旁邊。

陳琳拿起壽司捲，正要結帳，一摸口袋：「我忘記帶錢了。」

林折夏掏了掏口袋，只摸出來兩個硬幣：「我……也沒帶。」

「那算了，」陳琳把東西放回去，惆悵地說：「就讓我忍飢挨餓一節課吧。」

林折夏想了想，忽然說：「妳信不信，我能用兩塊錢讓妳吃到這個壽司捲。」
陳琳看著她：「福利社老闆是妳親戚？」
林折夏：「……不是。」
陳琳表情開始複雜起來：「妳打算賒帳？」
林折夏：「也不是。」
陳琳表情更複雜了：「吃霸王餐，不好吧。」
林折夏用她從口袋裡掏出來的兩個硬幣，從冰櫃拿了瓶礦泉水，還是最便宜的那種，她把兩個硬幣遞給福利社老闆：「妳等著，我出去搶劫。」
「……？」
林折夏：「等我搶劫回來就能養妳了。」
林折夏拎著那瓶礦泉水往操場跑，一路找尋一班的身影。
但是現在還沒正式上課，人都是散的，沒有固定位置，找起來並不好找。
也就是她對遲曜過於了解，就算只看背影，甚至只看後腦勺，她都能一眼辨認出是不是他。
她沒跑幾步就在籃球場上一眼看到了遲曜。
「遲曜！」
遲曜身邊其實圍著很多人，男孩子們擠在一起，遠處還有一群女生，似乎也在看向這邊。

但林折夏完全沒注意，她跟平常一樣，站在遲曜面前笑吟吟地看他：「遲曜，你渴不渴，累不累？打籃球一定很辛苦吧，我剛才遠遠就看到你打球的英姿了，簡直流川楓再世。」

因為要打球，遲曜換了一件自己的衣服，灰色T恤鬆鬆垮垮地掛在他身上。

還沒上課，他屈著腿蹲坐在球場邊緣的花壇上。

聽到林折夏的話後，他「哦」了一聲，下巴微揚：「繼續。」

「你的球技，出神入化，」林折夏繼續說：「嘆為觀止，驚為天人。」

遲曜：「成語用得不錯。」

林折夏：「過獎了，我林某人是略有一點文化底蘊在身。」

馬屁拍到這裡，林折夏覺得氣氛烘托得差不多了，把手裡的水遞過去：「你要不要喝口水，我特地買給你的。」

遲曜卻沒接她的水，他搭在膝蓋上的那隻手動了動，伸出一根手指指向球場上某個方向：「看見那顆球沒有？」

林折夏順著他指的方向看過去：「看見了。」

遲曜：「我剛來兩分鐘，還沒碰過它。」

遲曜收回那根手指，看向她：「不知道妳看到的是哪位流川楓，我還挺好奇的，妳要不要幫我引薦一下。」

林折夏：「……」

她看到個屁，她根本什麼都沒看到。

而且這人在球場上，光坐著，不打球，合適嗎。

林折夏決定不在這個問題上繼續糾結：「反正！我買了水給你！」

相識多年，遲曜根本不信她會這麼好心：「不收費？」

林折夏：「收的。」

遲曜接過水：「多少。」

林折夏：「兩塊。」

等遲曜擰開那瓶水的瓶蓋後，她緊接著說：「……再加上八塊錢的跑腿費，所以加起來是十塊錢。」

「……」

林折夏伸出手，準備接錢：「如果你大發善心，想多給點小費，我也不介意。」

幾分鐘後，福利社門口。

陳琳拿著壽司捲，備受震撼。

林折夏：「放心吃吧，我這屬於合法搶劫。」

但陳琳震撼的原因並不是因為「搶劫」這個行為本身，而是她這位隔壁桌「搶劫」的對象。

半晌，她才找回自己的聲音：「剛才那個，遲曜？你們認識？」

林折夏簡單介紹：「我青梅竹馬，出生入死的好兄弟，不過妳怎麼知道他叫什麼？」

陳琳一字一字地說：「因為他、很、出、名、啊。」

林折夏：「？」

陳琳話說到這，被體育老師的哨聲打斷，所有人往操場方向集合。

她趕忙拉著林折夏去排隊：「集合了，等放學我傳網址給妳，妳自己看了就知道了。」

由於最後一節就是體育課，很多人直接背著書包來操場上課。

下課鈴一響，這些人就背上書包往校外跑。

林折夏還得回教室收拾東西，然後就去一班找遲曜會合。

放學回去的公車上空位不像來時那麼多，滿車都是二中學生，林折夏和遲曜一起坐車回家，她跟在遲曜身後投幣上車後，環顧四周，發現空位只剩下一個。

空位靠著後車門。

林折夏有點不好意思，她伸手拽了拽遲曜垂著的書包帶子：「你就沒有什麼話要對我說嗎？」

「比如說，把這個座位讓給我什麼的，」林折夏接著說：「不然我不好意思坐。」

遲曜已經換回校服，他打完球似乎有沖洗頭髮，碎髮微濕。

他說話時看了林折夏一眼：「怎麼辦，我臉皮厚。妳不好意思，我好意思。」

林折夏：「……做人要尊老愛幼。」

遲曜：「老和幼，妳算哪個？」

林折夏很識時務，她老老實實地說：「我算那個幼。」說完，她又補了一句，「爸爸。」

「……」

遲曜沒話說了。

他把肩上的書包卸下來，扔進林折夏懷裡：「坐著幫我拿包。」

很快，司機按下關門鍵，車緩緩起步。

車裡喧鬧聲不絕於耳。

林折夏坐在座位上，遲曜站在她旁邊，一隻手抬高，拉著正上方的拉環，她只要一抬頭就能看到他。

由於有遲曜在她旁邊擋著，儘管後面上車的人越來越多，也沒人往她這邊擠。

——像一道天然屏障。

坐車途中，她拿出手機，想看看林荷有沒有傳訊息給她。

結果林荷的訊息沒看到，看到了剛添加沒多久的新好友的訊息。

陳琳：『（網址）。』

陳琳：『就是這個。』

陳琳：『他就是那個開學第一天在論壇大殺四方的，一天內，論壇首頁全是他，討論度最高的文章現在已經有十多頁留言了。』

陳琳：『我今天跟妳說過，就知道妳顧著寫作業，根本沒聽。』

林折夏在顛簸的車上點開那個網址，片刻後，一張有點模糊的抓拍照片突然映入眼簾。

照片應該是下午拍的。

照片上，陽光正熱烈，肆意張揚地從窗戶照進來。

這張很潦草的抓拍其實把很多人拍進去了，但在這一群人中，有個讓人無法忽視的存在。

坐在後排的少年身上穿著二中校服，校服衣領微敞，隱約窺見嶙峋鎖骨，他坐在一群人中間，被其他男生簇擁著，看似人緣極好，但整個人卻透著股很強的距離感。

同樣的校服，穿在他身上總覺得哪裡不一樣，那對淺色瞳孔被陽光點亮，鋒芒盛得灼眼。

但這些都不是最重要的。

最重要的是——照片上這個人，和此刻站在她旁邊的人，是同一個人。

是那個就算化成灰她都能認出來的——遲曜。

「……」

林折夏的表情，從迷茫，變成了欲言又止。

然後從欲言欲止，變成了無語。

最後儼然變成一副地鐵老人看手機的困惑表情。

這張照片下面，滿滿當當的全是留言。

一樓：『（圖片）。』

二樓：『這人是誰？我們學校的？』

三樓：『是誰心跳那麼大聲？哦，是我。』

四樓：『十分鐘內，我要這個人的全部資訊。』

隔了一下，真的有人開始報資訊。

一百三十三樓：『點進來前我還在想是誰引起那麼大轟動，點進來後……遲曜啊，那沒事了。』

好不容易抓到個知情人士，其他樓都讓一百三十三樓別走。

於是一百三十三樓留下來多說了幾句：『高一一班，遲曜。』

『是我以前學校同學，他以前在學校就很出名。』

『有沒有女朋友？不知道。』

『但是勸你們別靠近，因為，會被拒絕得很慘。』

林折夏越往下看表情越複雜。

她之前和遲曜不同校，並不知道這人在學校裡居然這麼招搖。

她感覺自己好像看見了一個不認識的人。

這個人，和遲曜同名同姓，共用一張臉。

且這個遲曜在學校裡，好像還很出名的樣子。

林折夏對著那張照片看了一下，然後又抬起頭，去看站在她身邊的那個遲曜。

比起照片裡那個看起來有些遙不可及的「遲曜」，現在的遲曜顯然更貼近生活，落日餘暉照在他身上，整個人被車內的喧囂所籠罩。

他個子高，在車廂那麼多人裡依舊出挑，這時垂著眼也在滑手機。

似乎察覺到她的目光，他視線偏移幾分，俯視著看向她：「我這張臉收費，看一眼五十。」

林折夏瞠目結舌。

她正想說「你敲詐啊」，緊接著就聽到遲曜又說了句：「畢竟有人跑腿費能收八塊，我的價格應該還算公道。」

林折夏被這人厚顏無恥的程度噎得說不出話。

但偏偏她還不能反駁，因為她確實，在體育課前坑了他。

林折夏：「我今天就是忘記帶錢了，大不了回去還你。」

她說著，關上手機頁面。

「而且誰想看你啊，」她說：「你長得也就還行吧。」

話音剛落，車也正好行駛到下一站，剎車時劇烈顛簸了一下。

與此同時，原本站旁邊俯視著她的遲曜忽然彎下腰，拉近兩人之間的距離，將臉湊到她面前。

他扯著唇角，近距離看著她，冷笑似地說：「我，長得也就還行？」

「……」

林折夏維持著仰頭的姿勢，認真地又看了他一眼，然後坦言：「你靠再近也沒用，再怎麼看，也還是覺得很一般。」

遲曜扯了扯嘴角：「所以那個下課傳訊息給我，誇我是大帥哥的人是誰？」

林折夏：「你也說了，我那是在發瘋。」

遲曜只彎腰靠近了她那麼一下，很快又直起腰，一副懶得跟她爭辯的樣子：「明天請個假，我帶妳去醫院。」

林折夏：「去醫院幹什麼？」

遲曜涼涼地說：「眼睛用不著，去捐給需要的人。」

林折夏看著他，忍不住搖了搖頭，發自內心感慨：「長得一般也就算了，心眼還小。」

回去後，林荷已經在家裡做好飯等她。

林折夏把今天考的那張試卷拿給林荷看，林荷對這個分數表示滿意：「我就說，笨鳥先飛，這句話是有道理的。」

林折夏埋頭吃飯，懶得糾正自己不是笨鳥了。

林荷放下試卷：「雖然開學這次考得不錯，但也不能驕傲，接下來的念書很重要……對了，妳這次考得不錯，還得多虧了遲曜。」

林折夏忍不住反駁：「我覺得，最主要還是我比較聰明吧。」

林荷：「妳聰明？妳自己數數，這上面的題，有幾道遲曜沒教過妳。」

林折夏：「……」

「但那什麼，」林折夏又說：「有句話是這麼說的嘛，巧婦難為無米之炊。」

林荷：「我懶得跟妳說，妳吃完飯，送果籃過去給遲曜。」

林折夏只得應下。

這天晚上，她還沒見到遲曜，先在送果籃的路上撞上了何陽。

何陽手裡拎著遊戲機卡帶：「去曜哥家？一起啊？」

林折夏本來就不是很想去，剛好逮到個跑腿的，於是把果籃往何陽手裡塞：「你去吧，幫我把這個帶給他。」

何陽拎著果籃：「妳不去？」

「行，那我走了。」

何陽說完，還沒走出去幾步，又被林折夏叫住。

「等等。」

林折夏叫住他說：「我有點事要問你。」

天已經暗下去了，蚊蟲不斷。

兩個人蹲在綠化帶旁邊，一邊聊天一邊拍蚊子。

何陽不解：「夏哥，趕緊問吧，我腿上已經起好幾個包了。」

林折夏想起那幾則論壇留言，也不知道自己為什麼鬼使神差把人叫住，她組織了一下語言，問：「你以前和遲曜同個學校，他之前在學校裡……就是，也有很多瞎了眼覺得他很帥的人嗎？」

何陽表情有些複雜。

雖然他不知道林折夏為什麼忽然逮住他問這個，但他還是如實說：「按妳這個標準來算的話，那以前在學校裡，可能就沒有幾個視力正常的人了。」

何陽又說：「不過妳問這個幹什麼？」

林折夏還想問那句「會被拒絕得很慘」有什麼典故，但想了想，覺得這個問題問出來很奇怪，於是作罷：「沒什麼，就是忽然發現這個世界上，瞎了眼的人還挺多的。」

「滴」地一聲，何陽打開遲曜家的門。

剛進去，撞上從浴室出來的遲曜。

遲曜本來在調整身上那件衣服，衣服領口太大，看起來不太正經。

見來的人是何陽之後，他懶得整理了。

「你手裡拎著什麼，」遲曜說：「別往我這放。」

何陽：「果籃，林折夏剛才給我的，說是要帶給你。」

林折夏不會沒事送果籃給他，很明顯是林荷讓她送來的，遲曜便沒再多說。

倒是何陽的問題比較多：「她怎麼不自己過來，你們又吵架了？」

遲曜眼皮微掀：「她說我跟她吵架？」

何陽：「那倒沒有，但是她確實說了點很奇怪的話。」

遲曜示意他往下說。

何陽：「她問我我們以前學校裡的瞎子多不多，我跟她說，挺多的。」

遲曜：「……」

雖然聽起來像腦子有病，但的確像她會問出口的問題。

遲曜頂著一頭濕漉漉的頭髮坐進沙發裡，衣領一路敞到鎖骨下方，他拿起遙控器打開電視螢幕，側過頭掃了何陽手裡的遊戲卡帶一眼，問：「打不打？」

何陽差點被眼前的「男色」迷了眼。

可能是因為林折夏剛才那個奇怪的問題，挑起了某些神經，他忽然想到以前和這位爺一起上學時的一些畫面。

遲曜在以前學校是很出名，但那種出名，並不大張旗鼓，更像某種心照不宣。一個所有人都心照不宣遠距離、難以靠近且遙不可及的人。

遲曜成績好，但他上課很隨意。

有時候也會在課上偷偷打遊戲，被老師叫出去在走廊罰站。

少年倚在陰暗處，背靠著牆，身高腿長，一身校服——引來很多偷偷張望的眼神。

半晌，何陽回過神說：「打。」

「但你能不能先把衣服穿好？」何陽又說：「雖然我也是男的，而且我很直，但你就不怕我控制不住自己嗎。」

遲曜勾著衣領往後拽，罵了他一句：「傻子。」

片刻後，兩人坐在沙發裡，一人一個遊戲手把。

何陽操縱手裡的遊戲角色：「不過你作業寫完了？二中這麼輕鬆嗎，都沒什麼作業？」

遲曜：「一些預習作業，用不著做。」

「你都會啊？」

「拜某個人所賜，」遲曜手指搭在手把上，漫不經心地說：「為了教她，假期就學過了。」

* * *

林折夏發現自己學新學期的內容學得異常快。

連續幾天的課，不管是課上內容，還是老師課後留的難題，她都掌握得不錯。

這天很快又到體育課。

林折夏想到上次坑遲曜的八塊錢，琢磨著買點吃的還給他。

她和陳琳去了趟福利社，陳琳提議買三明治，林折夏拒絕道：「他不喜歡吃麵包。」

「速食也不怎麼吃。」

「零食也不行。」

「……」

「好麻煩啊，」林折夏看了一圈，發現遲曜喜歡吃的，福利社都不賣，她最後又去看冰櫃，「還是送水吧，比較實用。」

陳琳：「水怎麼買夠八塊？」

林折夏：「這次買貴點的就行了，比如這瓶十二塊錢的進口礦泉水，比八塊錢還多四塊，體現了我的闊氣。」

陳琳：「……」

陳琳想起昨天傳網址給林折夏後，她這位隔壁桌只回她一個無語貼圖。

於是她又忍不住問：「妳之前不知道嗎，他很出名的事。」

林折夏結完帳說：「我國中和他不是同個學校，所以不太清楚。」

陳琳還是驚訝於自己滑論壇滑到轟動全校的大帥哥，居然是她隔壁桌的青梅竹馬這件事。

「我問一嘴，」陳琳說：「妳從小到大對著這樣一張臉，是什麼感覺？」

她剛想說「如果是我，我做夢都會笑醒」。

然而，林折夏想了想，認認真真地回答她：「……手癢。」

陳琳：「？」

林折夏：「就是很多時候，都很想揍他一頓，但又打不過的那種感覺。」

「……」

這節課集合之後是自由活動時間，林折夏拎著闊氣的進口礦泉水去籃球場找遲曜，還沒走近，遠遠就看到球場外面有很多圍觀的人。

遲曜已經上場了，他帶著球越過幾人，下一秒，球正中籃框，周遭立刻響起一片呼聲。

雖然她們表現得不明顯，但還是不難分辨出，這群人圍觀的具體對象是誰。

在這片呼聲和周圍過多的注視下，林折夏猶豫了。

上次她跑出來的時候是課前，而且對遲曜在學校裡的人氣程度一無所知。

但這次不一樣。

她看了人群一眼，心想人這麼多，擠進去會顯得很尷尬吧。

她又不是過來看遲曜打球的。

而且，她還要在眾目睽睽之下送水給遲曜。

這瓶水就算再怎麼闊氣，多少也有點……送不出手。

「要不然放學再給他？」林折夏站在幾名女生旁邊，默默念叨，「其他人好像也打算送水給他，旁邊這幾個就挺躍躍欲試的，他既然不缺水，要不然我自己喝了。」

就在林折夏準備獨自品嘗這瓶闊氣礦泉水的時候，哨聲響起。

上半場結束，中場休息，遲曜從場上退下來。

他似乎早就看到她了，徑直往她這個方向走。

遲曜走到她面前，很自然地朝她伸手。

見她愣住，他提醒：「水。」

畢竟是來還人情的，林折夏也不顧上周圍那群人了，伺候大爺似的把手裡的水遞給他：「您請。」

遲曜擰開瓶蓋前，猶豫了一秒。

林折夏忙說：「我今天做慈善，不收跑腿費，您放心喝。」

「而且這水，」林折夏強調它的價格，「十二塊。」

「放心，也不收您差價——畢竟我就是這麼豪爽闊氣的人，跟某個張口漫天要價看一眼收五十的人不一樣。」

林折夏說完，見水送出去了，就打算撤。

然而遲曜當大爺當得很熟練，他喝完水後，把瓶蓋擰回去，又塞回她手裡。

林折夏：「你自己不能拿嗎？」

遲曜上場前說：「像我這種脾氣差，還喜歡漫天要價的人，不喜歡自己拿水。」

「……」

林折夏忍著想用水瓶砸爆遲曜腦袋的想法，在球場外面一圈空地上找了個位置坐下，幫遲曜拿著水，遠遠地看他打球。

灼人的烈日下，整個球場都被滿目的陽光罩住，也包括球場上的人。

遲曜這時又拿到了球，左右換手運球，被兩個人盯防。

場上的少年做完假動作後，起跳時，風從衣擺下面吹進去，把衣擺吹得掀起來了些，整個人像騰空淩飛似的——

「砰」。

球從籃框正中央急速下墜。

林折夏盯著球，腦海裡忽然浮現陳琳上次說的那句——「他很出名啊」。

臨近下課，下半場結束。

遲曜下場後大概是來找她拿水，還是往她這個方向走。

然而這次走到一半，被人攔了下來。

林折夏注意到攔他的女生就是剛才站在她旁邊的那兩個，其中一名女生手裡也拿著水，她似乎是鼓足了勇氣，耳朵泛紅，小聲地和遲曜說了一句什麼。

具體說的話，她沒聽清。

但遲曜的回覆她聽清了。

少年語調散漫，禮貌，但透著分明的距離感。

他說的是：「謝謝，但是我對陌生人送的水過敏。」

第三章　翻牆

林折夏懷疑自己耳朵是不是出了什麼毛病，不然怎麼能聽見這一句不像人話的話。

對陌生人……送的水……過敏。

那兩名女生顯然也愣住了，然後兩人站在原地，沒再往前走。

這時，剛才和他一起打球的男生也拎了水過來，對他喊：「曜哥，喝我的嗎？我買多了。」

那男生戴著副眼鏡，看樣子兩人關係還算不錯。

他語氣親近地說：「喝我的喝我的。」

遲曜也沒接：「滾，我也對你的水過敏。」

「……」

林折夏毫不懷疑，在之後的日子裡，都不會再有人敢送水給遲曜了。

她也隱約能感知到論壇那句「會被拒絕得很慘」到底是什麼意思。

遲曜誰的水也沒接，徑直往林折夏這邊走，然後接過她手裡的水，擰開了瓶蓋。

放學回去的路上。

林折夏強調自己體育課的辛苦付出：「太陽那麼大，我坐在太陽底下，幫你拿了一節課的水。」

遲曜：「妳不會找個沒太陽的地方？」

林折夏差點噎住：「……你要是不會聊天，也可以不和我聊。」

去車站的路上行人很多，大部分都是學生。

城安二中校外有一條巷弄，長長一條都被打造成了商鋪。

林折夏從走出校門那一刻，眼睛就落在對面巷子裡的飲料店上，眼看著兩人離飲料店距離越來越近，她才說出最終目的：「反正如果某個人要是能請我喝杯飲料的話，我就不跟他計較晒了一節課的事，奶茶要半糖……」

說話間，兩人正好走到飲料店門口。

她話沒來得及說完，遲曜已經對著店員，替她把後半句話說完了：「半糖，去冰，多加珍珠。」

店員按照他說的下了單，抬頭問：「就一杯嗎？外帶還是現在喝？」

林折夏站在遲曜身後，她個子矮，踮著腳努力從他身後冒頭，脆生生地喊：「就一杯，他不喝。外帶，謝謝姐姐。」

女店員其實並不年輕，冷不防被人喊姐姐，她忍不住笑了：「行，我免費多加點珍珠給妳，不用多付錢了。」

林折夏脾氣去得快，有飲料喝，她就不再繼續計較，一路上開開心心捧著飲料和遲曜聊天。

林折夏：「對了，你猜我開學第一天考試考了幾分，往高點猜，大膽猜。」

遲曜：「兩位數。」

林折夏感到冒犯：「你瞧不起誰，你才考兩位數。」

遲曜：「我考滿分。」

「……」

林折夏心說聊天就此結束吧，她不想再和遲曜多說一個字了。

然而等兩人走到車站後，在等車的間隙，她又沒忍住：「我剛才課上就有個問題想問你，你怎麼不對我的水過敏？」

遲曜站在候車亭旁邊，聽見這話，他微微側過頭看了她一眼：「妳的水？」

「如果我沒記錯，那瓶水我付過錢。」

「……」

聊天還是就此結束吧。

林折夏默默地吸了口飲料，很快好了傷疤忘了疼，想接著問遲曜作業寫完了嗎，話到嘴邊想起來明天開始不上課，得軍訓。

「不想軍訓，」林折夏抱怨說：「軍訓好累，而且教官都很凶。」

她說完，停頓了下，接著說出她最看重的一點：「最重要的是，軍訓基地的飯太難吃了，能不能不參加啊。」

遲曜忽然說：「有個辦法。」

林折夏看向他：「？」

「請假去醫院，捐眼睛。」

林折夏差點把嘴裡的吸管咬斷。

她上次就說了一句長得一般，這人記到現在。

這個人怎麼這麼小氣。

說話間，車正好來了，上車前林折夏咬牙切齒地說：「我也給你個建議，你回去多買點防晒吧，本來就不怎麼好看，免得晒黑了更醜。」

軍訓有專門的軍訓基地，離學校二十幾公里。

出發前，林荷幫她準備了一些生活用品，東西裝滿了整個書包和另一個手提包：「五天，這些東西應該夠了，換洗的衣服，還有小瓶的洗漱用品都在手提包裡。」

「要不要再帶幾本作業過去？」林荷問。

「不用了，」林折夏急忙拎上東西走人，「我要專心軍訓，做一件事就要專心致志，念書的事情回來再說。」

到校後，學校外停著幾輛巴士。

巴士載著高一新生往軍訓基地駛去，在車上班長幫他們各自分了寢室，六個人住一間，林折夏和陳琳還有其他四個同組但互相之間還不太熟悉的女生分在同一間寢室。

軍訓第一天安排的內容不多。

徐老師在巴士上拿著大聲公講解：「等等下了車，先領軍訓服，領完去寢室放東西，換好衣服參加入營儀式。下午聽教官指示，應該會教你們摺被子。」

軍訓基地像個小學校，只不過幾棟大樓中間圍著一個特別大的操場。

門口拉著歡迎入營的橫幅。

教官站成一排，認領各自的班級隊伍。

林折夏領了軍訓服之後就和陳琳一起去被分配到的寢室。

女生宿舍大樓在男宿旁邊。

六人間的寢室，不帶洗手間。

她們去的時候，寢室裡其他四名女生正在換衣服。

其中一名女生性格活潑，她笑著打招呼說：「妳們帶腰帶了吧，這褲子腰身挺大的，沒腰帶的話我可以借妳們。」

那女生叫唐書萱，床位在她對面。

林折夏跟她不熟，說了句「不用，謝謝」。

倒是陳琳這個社交達人回應得很熱情：「帶了，妳們還帶了什麼嗎，我包裡偷偷藏了點零食。」

唐書萱沒繼續接陳琳的話，反倒是對林折夏特別熱情，見她穿戴好衣服後，要調節帽子的大小，主動說：「我幫妳吧。」

這次林折夏沒來得及拒絕，唐書萱已經走到她身後，幫她把帽子往前扣了一格。

上午的活動很枯燥，站在大太陽底下聽學校高層和軍訓基地的總教官發言。

「……我們這次這個軍訓，為的就是鍛鍊培養學生吃苦耐勞的精神，我們城安二中，向來不只看成績，必須得德智體群美全面發展。」

林折夏站第一排。

她聽得無聊，偷偷往遙遠的另一頭張望了一眼。

然而這一眼根本望不到一班。

正當她打算收回眼神的時候，隱約看到從另一頭有個人走出來。人影很熟悉。

那道高瘦的人影突兀地獨自一人從連隊裡走出來，並離她們這裡越來越近。

臺上。

二中校長說完結束語，又說：「接下來由我們高一新生代表進行發言——」

隨著這句話話音落下，遠處那道身影走近到眼前，站在了臺上。

少年一身迷彩服，高挑得不像話，軍帽微微往下壓，碎髮遮住他濃墨似的眉眼。

他接過麥克風，聲音清晰地傳出來：「大家好，我是高一一班遲曜。」

林折夏有點意外。

但想到以遲曜這個完全可以去一中的入學分數，會被選中當新生代表也不奇怪。

臺上的人換成遲曜後，她就有精神多了。

這種精神源自於一種熟人在臺上，她在臺下看戲的心態。

陳琳在她身後小聲地說：「新生代表是遲曜欸，他好厲害。」

林折夏也小聲說：「他看起來心情不太好，可能不想上臺，被老師強行安排的。」

陳琳在遲曜那張臉上，除了「好看」兩個字以外，什麼都看不見：「妳怎麼能看出他心情不好？」

「……」林折夏也很難回答這個問題，「就，一下就看出來了。」

陳琳剛想說不會吧，但很快，她看到臺上的人簡單調整了一下麥克風後，說出了一番很沒耐心的開場白：「我隨便說幾句，不浪費大家時間，盡量在三分鐘內講完。」

聽了那麼多冗長的發言，三分鐘對他們來說簡直像希望忽然降臨在人間。掌聲都比之前熱烈不少。

當然掌聲那麼熱烈的更大因素是，這個人是遲曜。

是剛開學就在論壇上被人偷偷討論過的那個遲曜。

林折夏本來想看戲，但在這短暫的三分鐘裡，她隱隱聽見周圍傳來的私語聲。

「遲曜欸。」

「我之前都只是偷偷看他。」

「第一次能這樣正大光明地看三分鐘。」

「雖然很熱，但其實我也不介意多站一下的。」

「如果演講人是他，講個三十分鐘也沒什麼問題。」

「……」

林折夏看戲的心情頓時變得有些複雜。

下午的軍訓內容相對簡單，教官在各個寢室裡奔走，摺了一下午的被子。

等到了晚上，寢室六人拎著東西去澡堂洗漱完之後就躺在床上準備睡覺。

軍訓理論上來說是不允許帶手機的，但基本上大家都偷偷藏在包裡帶了進來。

林折夏打開手機後，先跟林荷報平安，然後點開和遲曜的聊天畫面。

『你睡了沒有？』

『（探頭.jpg）。』

對面很快回覆。

『沒。』

林折夏縮在被窩裡，打字：『那你在幹嘛？』

『和某個站第一排的矮子聊天。』

『你、說、誰、矮、子？』

『要我報妳身分證字號？』

林折夏毫不猶豫，把新收藏的一組暴打小朋友貼圖傳了過去。

在她和遲曜聊天的時候，陳琳她們也在聊天。

寢室六個人大部分都是通勤生，對合住這件事感到新鮮。

於是晚上熄了燈後，唐書萱先起了頭：「我們聊聊天吧。」

起初聊天內容還圍繞白天的軍訓內容，然後唐書萱提到演講，順著演講提到了新生代表。

「林折夏，」唐書萱喊她的名字，「聽說妳跟遲曜認識。」

不知道為什麼，她感覺唐書萱從早上就對她展現出一種刻意的親近。

可能是因為好幾次明明陳琳在和她對話，她卻總把話題從陳琳身上移開，轉到並不熟悉的她身上。

林折夏沒打算多說，只「嗯」了一聲。

唐書萱：「你們認識多久了呀？」

林折夏想了想：「大概……九年吧。」

唐書萱：「這麼久，那你們很小的時候就認識了。」

熄燈後的寢室漆黑一片，說話聲被放大。

林折夏沒有繼續這個話題，唐書萱倒是又開了口：「那個……

「可能說這話有點冒昧，妳能不能給我他的聯絡方式啊？」

她話語裡透著點不好意思：「我在論壇上沒有找到，一班的人也說他不加好友。」

林折夏找到她刻意親近自己的原因了。

但是她也不能自作主張把遲曜的聯絡方式給她。

於是她說：「那我問問他。」

這樣要聯絡方式已經很尷尬了，還要尋求本人的意見，唐書萱下意識阻攔：「能不能不要問他，我們加個好友，妳直接把好友給我吧。」

唐書萱說完後，其他幾人都跟著起鬨。

林折夏不好拒絕只能直接給了她好友。

唐書萱連連道謝，片刻後，她搜尋到聯絡人，忍不住說：「他頭貼好可愛。」

陳琳也好奇起來：「什麼頭貼？」

唐書萱：「貓貓。」

陳琳忍不住想起遲曜那張臉：「這就是傳說中的反差嗎……」

正在和遲曜聊天的林折夏也看了他的頭貼一眼。

遲曜的頭貼是一隻躲在紙箱裡的貓。

這個頭貼還是她幫他換的。

那大概已經是兩三年前的事了，換頭貼的原因其實很幼稚，只是她嫌遲曜的頭貼不夠可愛。

由於她總找遲曜聊天，所以希望他能換個可愛點的頭貼，並在網路上精心搜羅了一堆可愛頭貼供他挑選。

她還記得遲曜當時不屑地問：「我為什麼要換？」

她回答：「有助於我的身心發展。」

林折夏想到這裡，發現給完遲曜的聯絡方式後，自己有點不太開心。

她很難形容自己此刻的感覺，因為她根本沒有理由不開心。

她躺在床上想了很久。

最後覺得這感覺有點類似一直陪伴在自己身邊的那個人、自己的好朋友，可能也要被別人認識了。

有一種私人領地被侵犯的奇怪感覺。

最後她點了點手機螢幕，暗暗告訴自己別那麼小氣。

做完心理建設，她沒話找話似的，在和遲曜的聊天畫面裡打下幾句：『遲曜。』

『你買防晒了嗎？』

『可千萬別晒黑，作為你的好朋友，我真心希望你能把顏值維持在一般的水準。』

遲狗：『我也希望妳能早日復明。』

與此同時，唐書萱也傳了訊息給她。

唐書萱：『我應該聽論壇裡那些人的勸誡。』

唐書萱：『我不該要聯絡方式的。』

唐書萱：『妳當初，應該，阻攔我（崩潰.jpg）。』

林折夏：『？』

寢室裡其他人聊著聊著，都沒聲音了，應該有人睡了。

她和唐書萱只能透過手機聊天。

唐書萱沒有多說，傳過來一張聊天截圖。

截圖上，唐書萱通過好友驗證後很友好地傳了一個「嗨」過去。

遲曜回：『妳誰？』

唐書萱：『遲同學你好，我是高一七班的唐書萱，我們可以認識一下嗎？』

那個「可愛」的貓貓頭回了四個字：『不想認識。』

男生寢室一間房八個人，上下鋪。

待遇比女生那邊差，多了兩張床位，擠得很。

同樣漆黑一片的寢室裡，男生這邊就顯得更加吵鬧。

遲曜睡上鋪，半坐著，剛洗完澡，身上穿了件自己的衣服。

這幫男生為了組隊打遊戲，也互相加起了好友：「我玩上路，曜哥，加個好友唄。」

遲曜在上鋪說了一串數字。

那男生：「好嘞。」

他輸入搜尋後，看到彈出來的聯絡人頭貼也是一愣：「你這頭貼……挺可愛的哈。」

遲曜沒說話，他正在刪好友，把莫名其妙加他的那個人刪掉後，才說：「某個人挑的。」

「你妹妹嗎，」這種可愛頭貼，那男生第一反應就是遲曜家裡應該不只一個孩子，「女孩子確實喜歡這種頭貼，不過如果是我，我可能頂不了太久，會找機會換掉。」

「換不了。」

遲曜沒承認也沒否認，只說：「她不怎麼講道理，不僅會鬧，還容易哭。」

另一邊。

唐書萱看著那句「您還不是對方好友」以及突然冒出來的紅色驚嘆號，她沉默了：「……」

唐書萱：『很好。』

唐書萱：『他把我刪了。』

林折夏不知道要怎麼安慰她，只能打字說：『他這個人，是這樣的，妳知道我給他的備註是什麼嗎？』

唐書萱：『什麼？』

林折夏：『遲狗。』

唐書萱：『非常貼切。』

唐書萱：『我來之前，論壇裡就有人勸過我了。』

唐書萱：『是個送過水給遲曜的女生，她說，建議大家不要送水給遲曜，讓他渴死算了。』

不知道為什麼，明明是遲曜拒絕的人，林折夏卻有種莫名的負罪感，她過了一下又傳過去一句：『妳別難過。』

唐書萱倒是意外地堅強，很快緩了過來：『我不難過，世界男人千千萬，幹嘛非得啃硬骨頭，高二有個學長也挺帥，改天我去試試。』

林折夏：『……』

軍訓後幾天強度加大，每天光是軍姿就要站一小時。

不知道是不是因為怕什麼來什麼，林折夏他們班的教官特別凶，要求苛刻，有不滿意的地方就讓他們全體罰站。

這天他們班走方陣不整齊，中午別的班都去吃飯，就他們班被教官留了下來。

正午的太陽，晒得軍訓帽都在發燙。

唐書萱偷偷跟林折夏念叨：「雖然我總嫌棄餐廳的飯菜不好吃，但有得吃總比沒得吃好。」

經過上次要聯絡方式的事，她和唐書萱關係意外拉近，成了朋友。

林折夏：「我快餓死了。」

唐書萱：「我肚子剛才叫了一聲，應該沒人聽見吧。」

隔了一下。

陳琳在後排說：「我聽見了。」

林折夏安慰自己，也順便安慰她們：「我覺得他們不至於讓我們吃不上飯……」

教官聽到她們這邊有聲音，眼神一掃，厲聲質問：「誰在說話，站出來。」

「……」

沒人動彈。

林折夏大著膽子往前走了一步：「我。」

教官：「議論什麼呢？說出來聽聽。」

林折夏：「發表了一些小意見。」

教官：「妳說。」

反正站都站出來了，林折夏乾脆硬著頭皮說：「身體是革命的本錢，所以吃飯是很重要的。」

然而她低估了教官心狠手辣的程度，她這句話並沒有起什麼作用，他們班還是錯過了吃飯時間。

餓著肚子挨到晚上，晚上吃過飯，沒多久又覺得餓。

這個餓不僅僅是因為今天中午沒飯吃，它像是某個爆發點，畢竟連續幾天沒吃好，這種「沒吃飽」的感覺在這個晚上來得格外強烈。

這天晚上寢室夜聊的內容變成了報菜名。

「想吃火鍋，想吃烤肉……」

「其實我們現在這個情況，最適合的還是泡麵，走廊外面就有裝熱水的地方，妳們誰帶泡麵了嗎？」

「……」

一片寂靜。

「好的，還是睡覺吧，夢裡什麼都有。」

嘴上說著睡覺，實際上誰都睡不著。

越是睡不著，就越餓。

臨近十點，林折夏在被子裡，點開聊天畫面拍了拍遲曜的頭貼。

聊天畫面立刻出顯示一則「拍一拍」通知。

她以為這個時間遲曜肯定已經睡了，沒想到對面回了一個「？」，而且還回得很快。

『你居然沒睡覺，你半夜不睡覺，在幹嘛！』

對面秒回。

『打遊戲。』

林折夏：『噢，那你打吧。』

遲狗：『妳不睡？』

林折夏：『我睡不著。』

林折夏有氣無力地打字：『餓得睡不著。』

說完這句，她忍不住吐槽教官：『他簡直是個變態，中午不讓我們吃飯，我跟他說身體是革命的本錢，說完他就更生氣了。』

遲曜沒再回覆。

林折夏琢磨著，他遊戲開局了吧，於是不再打擾他。

與此同時，男生宿舍大樓內。

「我靠，你大招放慢了。」

「對面交閃了，追。」

「曜哥，救命啊，」有男生喊，「你怎麼在打野區不動了？網路卡住了？」

遲曜：「回訊息。」

「你居然還能切出去回訊息，這就是強者的自信嗎，」遊戲進行到一半，正是關鍵時刻，那男生說：「這種時候，就算是有人提著刀過來砍我，我都能立在原地，等把這波輸出打完，我再跑。」

另一個男生說：「不至於，人還是要有點理智才行，我的話，我會邊跑邊打完這波輸出。」

「……」

這兩人說完，下一秒，收到了好友退出遊戲的提示。

上鋪傳來一點動靜。

遲曜反手撐著床鋪，沒踩旁邊的爬梯，他腿長，能直接從上鋪下去：「我出去一趟。」

「？」

「這個時間，你要出去？」

「你幹嘛去？而且軍訓基地門是關的，不讓外出吧。」

遲曜推開寢室門，直接走了出去。

林折夏的寢室安靜了近二十分鐘。

大家都試圖用睡覺來抵抗飢餓，然而二十分鐘後，寂靜的寢室內忽然突兀地響起一聲腸鳴。

陳琳睜開眼：「我肚子叫了。」

唐書萱也睜開眼：「根本睡不著。」

不知道是誰帶頭，幾人因為這聲腸鳴笑作了一團，徹底沒了睡覺的心思。

林折夏也笑了半天。

這時，原本放在枕頭旁邊的手機螢幕忽然亮起來。

是一則新訊息通知。

她滑開手機，看見遲曜只傳過來兩個字：『下樓。』

下樓？下什麼樓？

她第一反應是覺得莫名其妙。

軍訓基地有嚴格規定，寢室熄燈後不允許外出。

而且都這個時間了……下樓幹什麼？

但以她對遲曜的了解，雖然他經常不做人，但他不可能隨便傳這種訊息給她耍她玩。

於是林折夏出聲問其他人：「我們樓下鎖門了嗎？」

陳琳：「沒鎖吧，好像到十二點才會鎖，怎麼了？」

林折夏：「……我可能得下去一趟。」

說完，她起身換了件衣服，然後拿上手機，跟做賊似的很輕很輕地推開寢室門走了出去，關門前留下一句話：「同學們，如果我不幸沒能回來，妳們要記得，凶手就是高一一班遲曜。」

這個時間，不管是走廊還是樓下大廳都沒開燈，只有外面幾盞路燈亮著，微弱的燈光點亮大樓四周。

林折夏身上穿著寬大的睡衣，下身搭了一件藍藍綠綠的寬鬆短褲。

這套穿搭，毫不見外，非常不講究。

她出去之後環顧四周，連個人影都看不到。

宿舍大樓前面的橡膠走道上空蕩蕩的，旁邊男宿也熄了燈，根本沒人。

『你最好不是在耍我。』

『不然你死定了。』

林折夏蹲著，一個字一個字狠戳手機螢幕。

『我會讓你見不到明天的太陽。』

『我會殺人。』

『我！真的！！會殺人！！』

她還不敢離有光源的地方太近，怕被巡邏的老師看見，只能蹲在大樓側面。

周圍黑乎乎的，到處都是蚊蟲。

在她蹲著拍死兩隻蚊子後，遲曜回了訊息。

這次依然還是簡短的兩個字：『回頭。』

宿舍大樓後面是一片圍牆，圍牆把整個軍訓基地圍了起來。

林折夏看著這句「回頭」，愣了下，一個有些不可思議的猜想冒了出來。

她回過頭，在這片漆黑中，看到了一道並不清晰的人影，那道人影正從圍牆外面翻進來，人影踩著牆沿，下一秒，憑藉身高優勢輕鬆落地。

等那人走近了，她才看清，那人手裡還拎著一個塑膠袋子。

「……遲曜？」

「你怎麼翻牆進來？」林折夏完全沒想過遲曜會以這種方式出現在她面前，她維持著蹲姿，震驚地仰頭看他，「你偷偷出去……跟人廝、混、了？」

夜晚的風不同於白天，透著股略微的涼意。

遲曜「嗯」了一聲：「我出去打架。」

「心情不好，手癢，就想找個人套麻袋揍一頓。」

林折夏張著嘴：「那你打了幾個？」

遲曜風輕雲淡：「三四個吧。」

林折夏：「打贏了？」

遲曜：「沒打贏我現在應該在醫院。」

「打贏也不該在這裡，」林折夏震驚之餘，還有殘存的理智，「應該進警局。」

遲曜沒繼續和她說這個話題，他近乎施捨般地把手裡拎著的塑膠袋扔給她。

林折夏差點用臉去接，被滿滿當當的塑膠袋砸了滿懷。

天太黑，加上遲曜出場的方式太特別，她一直沒注意到這個袋子，更看不清袋子裡都裝了些什麼。

這下她抱著袋子，倒是看清了。

裡面都是吃的，有她愛吃的牛奶味餅乾、牛奶麵包、兩袋糖果，當然這其中，最醒目的還是幾碗大概只能出現在她夢裡的紅燒牛肉麵。

林折夏抱著這堆吃的，問：「你不是去打架嗎？」

「打到一半有人哭著求我放過他們，」遲曜說：「買了堆沒用的東西賄賂我。」

林折夏再遲鈍也反應過來遲曜說的「打架」是騙她的。

她有種幸福來得太突然的眩暈感。

看向遲曜的時候，都覺得這個人今天格外順眼。

林折夏沒有吝嗇自己的讚美：「我為我前幾天說的話道歉，其實你貌若潘安，你英俊的臉龐，使天地聞之變色，可以說是驚天地泣鬼神，我之前只是因為太嫉妒你了，所以才說你長得一般。」

「我發瘋誇你大帥哥那天，其實是忍不住說出了自己的心聲，又不好意思承認。」

她說著，對遲曜豎起一根大拇指。

「嫉妒，是我對你最高的讚美。」

遲曜：「繼續。」

林折夏現在心情非常好，別說是一段彩虹屁了，就是讓她吹一晚上都行。

「我也可以切換成英語的。」

路燈把兩人靠著的倒影拉得很長。

林折夏費力且磕巴地開始說英文：「I'm sorry about……呃，I say you ugly。」

遲曜：「文法錯了。」

林折夏：「噢，我英語不太好，要不然就算……」了。

她想說，既然你不想聽，那英文版就到此為止吧。

然而遲曜卻沒有輕易放過她：「既然妳這麼克制不住對我的讚美之情——」

「回去之後，寫一篇不少於三百字的英文版傳給我。」

林折夏：「……」

怎麼會有人對吹噓自己外貌的小作文接受得那麼坦然？？？

跟遲曜分開前，林折夏抱著那袋零食再次鄭重感謝：「以後有什麼事，就跟小弟說，只要不違法，赴湯蹈火在所不辭。」

遲曜垂著眼：「還有呢。」

林折夏忍著內心的無語：「還有小作文，我會寫的，不過三百字，小意思，我都怕三百字表達不出你的帥氣。」

遲曜走後，林折夏躡手躡腳回到寢室。

她站在門口，清了清嗓子：「同學們，我回來了，看我帶回來了什麼。」

陳琳聽見她的聲音，從上鋪坐起身。

她探頭，看到林折夏跟鬼一樣，一手開著手機手電筒替自己打著光，另一隻手高高舉起一碗泡麵：「……」

林折夏擺好姿勢，等了半天，陳琳都沒反應。

沒有她意料中的欣喜，陳琳鎮定地又躺了回去：「我在做夢。」

唐書萱也被她們的動靜鬧醒，睜開眼，兩秒後，又把眼睛闔上了：「真不容易，我總算睡著了，居然還夢見了泡麵。」

林折夏：「……」

「這不是做夢，」林折夏揪了揪唐書萱的耳朵，「起來——我們有東西吃了。」

幾分鐘後。

六個人圍著寢室裡僅有的一張書桌，書桌上擺著幾碗泡麵。

她們一邊吃餅乾一邊聞著泡麵逐漸散發出來的香氣。

陳琳：「我活過來了。」

唐書萱：「我這輩子，吃過最好吃的東西，就是今晚的泡麵。」說完，她又問：「遲曜給妳的？」

林折夏拆了一片牛奶麵包，細細嚼著：「嗯，他翻牆出去買的。」

「沒想到他有時候還算是個人，」唐書萱說：「我單方面和遲曜和解了。」

泡麵泡好了，唐書萱掀開蓋子：「不過他對妳很好欸，翻牆出去買吃的給妳，你們感情真深厚。」

「還可以吧。」

林折夏倒是沒有想過這個。

她和遲曜相處，不管是吵架，還是遲曜時不時對她的這種「施捨」，都很習以為常。

而且，也不是沒有代價的。

代價是一篇三百字的英語作文。

很快又有人說：「畢竟認識那麼多年，都跟家人差不多了，也正常。」

等幾人吃飽喝足，收拾好桌面上的殘局，至此，這個夜晚才真正平靜下來。

其他人都睡下了，林折夏躲在被子裡絞盡腦汁寫作文。

前五十字，她還能勉強寫一寫，到後面實在忍不住睏意，以及，她的英語詞彙庫裡沒那麼充足的詞彙，於是她點開了翻譯軟體。

翻譯：『你實在是太帥了，我從未見過像你這麼帥的人。』

翻譯：『你的帥氣，耀眼奪目，閃閃發光，咄咄逼人。』

勉強湊夠字數後，林折夏就準備睡覺，然而她睡前忽然想到那句「跟家人差不多」。

她忽然發覺，其實她跟遲曜，似乎比家人更親近。

一些沒辦法對林荷說的話，她可以很輕易對遲曜說出口。

一些沒辦法對朋友說的傾訴，遲曜卻是一個很適合的對象。

包括一些沒來由的情緒。

不開心了，她可以罵遲曜。

開心了，遲曜雖然會潑她冷水，但她還是可以和他一起開心。

林折夏想到這裡，良心發現般地，在作文後面貼了句「晚安」，以及一個俗氣的貼圖——一朵花盛開在螢幕中央，花間一行變換的大字「我的朋友」。

為期五天的軍訓，很快進入倒數計時。

林折夏她們還在練昨天沒練好的走方陣，男女生分成兩隊，來來回回地走，要求走成一條直線。

休息期間，女生們去樹蔭底下喝水。

陳琳看了操場一眼：「我們教官怎麼走了？」

唐文萱：「不知道欸，其他班的教官也不在，好像去開會了。」

林折夏沒在意：「可能要安排新活動吧，聽說最後一天不是有教官表演嗎。」

陳琳點點頭：「應該是。」

所有人都以為可能是要安排新活動，然而沒想到的是，下午訓練前，他們沒像以往那樣各自訓練，而是被召集到了一起。

所有班級就像第一天入營式一樣，再次被各班教官領到講臺下。

天氣悶熱，似乎連風都靜止了。

或許是天氣太悶的緣故，林折夏右眼皮控制不住跳了起來。

總教官站在講臺上，表情很嚴厲，他拿著麥克風，先是緩緩掃了臺下的人一眼，然後開口道：「昨天晚上值班老師查監視器的時候查到——有人翻牆外出。」

「夜裡十點半左右，黑衣服，個子挺高，身手不錯的那位，我希望他能自己站出來，主動承認還好談，等我逮你，就沒那麼好商量了。」

原本安靜的臺下，一下轟動起來。

軍訓基地管得很嚴，誰都沒想過，居然還能翻牆出去。

更沒想過，真的有人翻牆出去。

林折夏聽到這兩句，心臟都跟著眼皮跳了起來。

陳琳小聲問：「說的不會是遲曜吧？」

林折夏希望不是他。

可是，除了他好像也找不到第二個符合特徵的人了。

「既然沒有立刻找到是誰，監視器大概拍得不清晰，」林折夏用氣音輕聲說：「而且監視器應該沒有拍到宿舍大樓附近，不然他們要找的就不是一個人，而是兩個。我還挺好鎖定的，我昨天穿的那件花褲子，很醒目。」

林折夏心說既然監視器不清晰，說不定這事就能這樣過去。

然而在總教官維持臺下秩序，說完「安靜」，臺下瞬間安靜下來之後，一道有些熟悉的聲音自人群中響起：「是我翻的。」

少年從隊伍裡走出來的瞬間，所有人夢回軍訓第一天。

只不過那時他還是新生代表，現在卻成了「那個翻牆的」。

總教官也是一愣：「你翻牆出去幹什麼？」

遲曜走到臺下，說：「透氣。」

「……」

總教官看著他：「看不出來，你身手挺俐落啊。」

「還行，」遲曜說：「牆也不是很高。」

新生代表和翻牆的人居然是同一個，這個現實讓總教官受到了衝擊，以至於訓誡的時候都沒能發揮出自己原有的實力。

總教官：「不能私自外出，這規矩你知不知道？有什麼氣非得出去透，你下午的訓練暫停一下，跑二十圈操場，晚上再寫篇檢討交給我。好了，大家都散了吧。」

「林折夏，」七班教官領著班裡人回去訓練，轉頭看到隊伍裡有個走神的，「發什麼愣，走啊。」

林折夏只能慢吞吞地跟上。

她滿腦子都是剛才那句「二十圈」。

二十圈。

這種天氣，跑二十圈。

她忽然覺得昨天晚上那頓泡麵，一點都不好吃了。

下午各班都在訓練的時候，只有遲曜脫了軍訓外套在跑操場。

林折夏之前讓他記得買防晒，不然會晒黑，其實只是句玩笑話。哪怕晒了好幾天，操場上的少年皮膚依舊白得晃眼，他應該是覺得熱，邊跑邊抬手把身上那件軍訓外套和帽子隨手脫下來。

然後在經過他們班的時候，扔給了一個男生。

是上次在球場送水給他的那個。

每個班都待在自己班那塊狹小的活動區域內，先是站軍姿，然後練習正步走。

林折夏一直以來都走得不錯，但是這次因為忍不住去瞟跑操場的那個人，經常同手同腳，或是出現一些其他差錯。

周遭有人悄悄議論：「還在跑啊。」

「這都幾圈了？」

「四五圈吧，還有十幾圈呢。」

「……」

訓練很快結束，中途休息的時候陳琳也負罪感滿滿地說：「我感覺挺不好意思的。」

唐書萱：「我也是。」

陳琳：「不過他為什麼要承認啊？監視器拍得也不是很清楚。」

一直沒有說話的林折夏卻想明白了遲曜承認的原因，開口道：「因為不想連累大家跟著一起被訓話，他一直都是做了事情就會承認的人。而且，沒找到人的話，教官可能還會去查其他角度的監視器。」

唐書萱：「其他角度的監視器……那妳不是……」

林折夏沒再聊下去，她看了操場一眼，然後忽然起身。

總教官不需要親自帶隊，工作內容是站在旁邊監察。

他正來回踱步，遠遠看到一個綁馬尾的小女生朝他跑了過來。

小女生白淨的臉上悶出了點汗，喘著氣說：「教、教官。」

總教官問：「有什麼事？」

林折夏其實有點忐忑。

但想到二十圈，還是鼓起勇氣開口：「報告教官，我想主動承認錯誤，其實昨天晚上翻牆的人……」

總教官：「怎麼了？」

林折夏：「是我。」

總教官沉默了。

他沉默了許久。

久到林折夏以為總教官是不是在想要怎麼懲罰她，或者，會質問她為什麼現在才站出來承認錯誤。

然而——

「妳身高就不太允許，」總教官沉默後說：「妳怎麼翻？妳現在不用梯子翻一個我看看。」

林折夏：「……」

她確實翻不了。

總教官：「而且妳怎麼解釋為什麼翻牆出去這一點？」

既然謊言剛開始就被拆穿了，她只能老老實實地說：「我來得匆忙，這個理由，暫時還沒來得及編。」

接著，她又試圖把零食交代出來：「但翻牆確實跟我也有關係，都是因為我才——」

總教官覺得好笑，打斷她：「行了，不用再說了。」

林折夏：「真的是我，我昨天晚上……」

總教官：「我知道。」

林折夏話沒說完，不懂總教官知道什麼：「？」

「青春期，妳們女孩子那點心思我懂。」

林折夏一臉驚愕：「不是的……」

總教官：「但是就算喜歡一個人，也不能這樣。」

林折夏：「真的不是……」

「妳這個年紀，應該以念書為重。」教官最後說：「今天的話我就當沒聽過，妳歸隊吧。」

林折夏百口莫辯。

不僅沒能幫遲曜解釋，分擔責罰，還被蓋上了遲曜無腦狂熱追求者的身分。

她回到班級，繼續站軍姿，然後在下一次休息的時候，跑去送水給遲曜。

她跟在遲曜旁邊，跟著他一起跑了一段：「你還跑得動嗎，要不要喝點水？」

遲曜接過她手裡的水，灌了幾口，再遞還給她。

他額前的汗打濕了碎髮，說話時有點喘：「二十圈而已，沒那麼累。」

林折夏：「那你別喘。」

遲曜：「妳乾脆讓我別呼吸。」

說話間，兩人跑出去了小半圈。

林折夏有點自責：「都怪我。」

遲曜毫不客氣，沒有推託：「妳知道就好。」

他這種毫不客氣的態度反而消解了林折夏對他的那份愧疚。

林折夏心裡好受多了，回到正常的聊天模式：「但我覺得你自己也有一部分責任，你這個人就不太適合做好事，你昨天就應該讓我餓死在寢室裡。」

「妳說得對，」遲曜扯出一抹笑，說：「再有下次，我肯定餓死妳。」

林折夏又說：「其實我剛才主動去找教官了，我說牆是我翻的，我本來想幫你分擔幾圈，但他不相信我。」

遲曜：「妳長高二十公分再去，可能會有點希望。」

「……」

林折夏拎著水，努力告訴自己，就憑這二十圈，他就算喊她二十句「矮子」，她都不可以生氣。

好在教官沒有那麼變態，遲曜跑完第六圈的時候，總教官就把他喊過去，讓他剩下的晚點再分次跑。

然而等到了傍晚，操場上卻不見那道跑步的人影。

林折夏忍著尷尬又去找了一次總教官：「教官，請問遲曜已經跑完了嗎？」

總教官又用一種他很懂的眼神看她：「他在醫務室。」

林折夏卻在一瞬間慌了，她這次沒有功夫去理會教官的揶揄，再說話時聲音都有點發抖：「醫務室？」

總教官「嗯」了一聲，正要繼續和她說點什麼。

但他面前的女孩子卻像丟了魂一樣，他還沒來得及把接下來的話說完，下一刻，女孩子直接往醫務室的方向跑去。

他搖搖頭，又以為自己懂了：「現在的學生真是……」

醫務室在餐廳旁邊。

短短幾百公尺的路，林折夏卻覺得這條路好長。

她其實從聽到二十圈的時候就開始隱隱擔心，所以才鼓起勇氣想問教官能不能幫他跑幾圈。

因為，只有她知道，遲曜以前的身體狀況其實並不好。

這個以前，指的是九年前。

她一路跑，一路穿過盛夏燥熱的風。

彷彿穿過這陣風，跑進了另一個夏天。

第四章　一拳打三個

九年前的夏天，酷暑難耐，耳邊也充斥著熱烈的蟬鳴。

七歲的林折夏跟著林荷從車上下來，車停在巷口，巷口鋪滿了石磚，青灰色石磚在烈日下被晒得發燙。

魏平忙著從車上搬東西下來。

「夏夏，」比現在年輕許多的林荷笑著摸了摸她的頭，蹲下身說：「這裡就是我們以後要一起生活的地方。」

林折夏手裡抓著一個舊娃娃，沒有說話。

那個時候的她，也和現在很不一樣。

七歲的林折夏個子在同齡人裡算高的，很瘦，臉上沒什麼表情，大大的眼睛裡滿是防備。

——整個人像一隻年幼的刺蝟。

魏平把行李箱搬下來，也對她笑笑。

她抓緊娃娃，轉過頭去。

她注意到路邊豎著的路標，於是費力地仰起頭。

「南巷街」。

這個地方對她來說很陌生。

這個姓魏的叔叔也很陌生，一切都很陌生。

林荷對她說：「家裡太亂了，後面還有一輛搬家車要過來，工人要卸貨，東西還得搬進搬出的，妳先在旁邊坐著好嗎？等搬完再進去。」

「哦。」林折夏應了一聲。

於是她抱著手裡的舊娃娃，坐在對面公寓門口的臺階上看他們搬東西。

太陽很刺眼。

她看了一下，身後忽然傳來公寓門門鎖被打開的「哢噠」聲。

她回頭看，逆著光，看到一個身高跟她差不多高的男孩，皮膚白得看起來不太健康，唇色也淡，在同齡人臉上還有嬰兒肥的時候，他五官輪廓已經出落得很立體了，下巴削瘦，眉眼好看但病懨。

現在想來，年幼時的林折夏也曾短暫地被這張臉迷惑過。

但受迷惑的時間不超過十秒。

因為十秒後，這個人以一種想打架的語氣開了口。

「妳，」他垂著眼說：「擋路了。」

「……」

「讓開。」

林折夏瞬間覺得這張臉，其實長得也沒那麼好看。

她那時和現在性格很不一樣，整個人異常尖銳。

如果這個人能好好說話，她會覺得坐在這擋了別人的路，是一件很不好意思的事情。

但是，很顯然眼前這個人就差沒有說出「滾」這個字了。

林折夏也沒給他好臉色：「你是不是不會好好說話？」

那男孩：「人話，妳聽不懂？」

「人話我是聽得懂，」林折夏板著臉，「但是剛才那陣狗叫我聽不懂。」

由於林折夏也是一副你很欠揍的態度，兩人就這樣在公寓門口陷入僵持。

「我再說一遍，讓開。」

「我不讓，有本事你跨過去。」

「神經病。」

「那你小心點，我發瘋的時候會咬人。」

她和遲曜的第一次見面，並不愉快。

兩個人很幼稚地對峙了十幾分鐘，林荷注意到這邊的情況，揚聲問：「夏夏，怎麼了？過來吧，可以進屋了。」

林折夏應了一聲。

她應完，覺得這事不能就這樣算了，於是走之前冷冷地說：「打一架吧。」

「明天中午十二點，我在這裡等你，」林折夏很冷酷的用稚嫩的聲音學電視裡的人下戰帖，「不來的是小狗。」

這天後半天，天氣突變，颱風過境。

好在這陣強風來得快去得也快，第二天一早外面又放了晴。

林折夏十分鄭重地等到第二天中午。

她赴約前，甚至還多吃了半碗飯。

「胃口不錯啊，」魏平笑笑說：「叔叔本來還擔心妳不習慣。」

林折夏把飯碗一推，說：「我吃飽了，我出去一趟。」

「出去幹什麼？」林荷問。

「……曬太陽。」

林折夏坐在自家公寓門口，守著對面公寓。

十二點，對面公寓沒人出入。

十二點半，還是沒人。

下午一點，門開了，一位老爺爺走出來。

她等到晚上，都沒等到那個男孩赴約。

林折夏沒想過，他還真的不想當人。

他就是一隻小狗！

晚上老爺爺又出門扔了垃圾，很快又走回來，林折夏抓住機會上去問：「爺爺，你們公寓有個跟我差不多高的，皮膚很白的男孩子，請問他今天在不在家？」

那時候的王爺爺身子骨還很健朗，對著一個小女孩有問必答：「是不是長得挺帥的小男孩？」

為了找人，林折夏強迫自己點點頭：「是還算可以。」

「那就是小曜了，他就住我對面，」王爺爺說：「他現在在醫院呢。」

林折夏：「啊？」

她還沒打人呢，怎麼就住院了？

王爺爺緊接著解釋：「昨天不是刮颱風嗎，好像是著涼了。」

「……」

林折夏實在很難想像那個畫面。

昨天還在她面前踐得不行、彷彿可以一個打五個的男孩子，出門被風吹了一下，一夜過去，就病倒了。

這是哪來的病秧子啊。

林折夏正想在心裡偷偷嘲笑他，就見王爺爺搖搖頭，有些心疼地說：「那孩子也挺可憐的，這麼小的年紀，父母就經常不在家，一個人住。」

「身體還不好，隔三差五就往醫院跑，也不知道父母怎麼想的，居然放心得下……工作再重要也沒孩子重要啊……」

林折夏聽到這裡，忽然想放過他了。

她第二次遇到遲曜，是一週後，她跟著林荷從超市回來。

一週時間，她仍不適應新家的生活。

她拎著零食袋，遠遠看到一道有點眼熟的身影。

男孩子背影很單薄，儘管現在是夏天，他仍穿了件黑色防風外套，正在開公寓門。

林荷先進屋，林折夏想了想，往對面公寓跑去。

她叫住他：「喂。」

那男孩開公寓門的手頓了頓，手背上有清晰的針眼痕跡。

林折夏從自己零食袋裡掏出一袋自己最喜歡吃的牛奶味餅乾，塞進他手裡：「給你。」

對方很顯然想說「拿走」，林折夏卻板著臉說：「聽說你生病了，你快點恢復身體，不然我不好堂堂正正地打敗你。」

對方沒想到她能找出這種理由，愣了愣，以至於沒能第一時間把餅乾還給她。

搬進南巷街第一個月後，林折夏跟人打了一架。

這架打得非常轟動，直接讓她名揚社區，並被林荷劈頭蓋臉訓了一頓，然而，她打架的對象並不是遲曜，是何陽。

那天她在社區裡晃悠，林荷在附近找了份新工作，一大早出門上班，魏平這天休息。她不想和魏平待著，吃完飯就說：「魏叔叔，我出去轉轉。」

魏平也很無措，他沒有孩子，並不知道要怎麼和小孩打交道，也不知道要怎麼取得林折夏的好感：「那妳……注意安全，不要出社區，外面很危險的。」

林折夏點點頭：「嗯，知道了。」

社區裡有個簡易球場，年齡大的人往往都在傍晚才過來打球，傍晚下了班或者放了學聚在一起。

下午這個時間，球場上更多的是和她同齡的小孩子。

那時候的何陽是個小胖子，性格蠻橫，自詡是「這個社區的老大」。

也許是因為足夠中二幼稚，身後還真的跟著一群認他當老大的小屁孩。

「老大，你的球打得真高。」

「老大，你投得真準。」

「老大！我們去福利社買冰棒吧！」

「……」

林折夏坐在一旁的鞦韆上，覺得這幫人很幼稚。

她坐了一下，日頭太晒，準備回家，聽到有人終於脫離「老大」句式，說了一句：

「看——那是不是遲曜。」

她順著看過去，看到了一張不久前才見過的臉。

膚色慘白的病秧子正拎著東西，經過球場外面那條路。

何胖子那時完全就是個熊孩子，以取笑人為樂：「把他叫過來，讓他跟我們一起打球。」

有人說：「他拿不動球。」

還有人說：「他總生病，沒辦法和我們一起玩。」

一群人笑作一團。

何陽叉著腰，囂張地喊：「我就想看他出醜，他肯定不會打球，我看他怎麼辦。把他叫過來。」

然後他們把手裡的球砸了出去——「砰」地一聲，球正好砸在病秧子身上。

那時的遲曜看起來確實有些「弱不禁風」，大夏天穿外套，眉眼病懨。

雖然這個人似乎不太好惹，但依舊不妨礙有人因為他體質太差而想欺負他。

何陽：「那個老是生病的，來打球啊，你會打球嗎？」

這欺凌「弱小」的場面太過分，林折夏當時一下就炸了。

她小時候沒有什麼性別意識，還不懂矜持兩個字怎麼寫，也不知道害怕，做事全憑本能。

於是何陽放完話，遲曜還沒什麼行動，倒是一個沒見過的女孩子從旁邊走出來。

那個同齡女孩把遲曜擋在身後，然後撿起地上那顆球，二話不說又把球往他們那砸了過去。

他們人多，隨便扔總能砸中一個。

——這個倒楣蛋是何陽。

何陽捂著臉，差點被砸哭。

考慮到他當老大的威嚴，他強忍著鼻梁處火辣辣的疼：「妳誰啊？為什麼砸我。」

林折夏指指身後的病秧子：「我，他大哥。」

「你想打他，」林折夏冷著臉，認真地說：「先過我這關。」

何陽被這個關係搞愣了：「他什麼時候有大哥的？」

林折夏：「你管不著。」

「妳是女的，」何陽雖然調皮，但也沒調皮到極致，「我媽說不能打女的，妳讓開。」

林折夏：「打不過就說打不過，別找藉口。」

「……」

這天晚上，林折夏因為打架被林荷趕出了家門。

她站在公寓門口餓著肚子罰站。

倒是魏平不斷為她求情：「天那麼熱，都站一小時了，讓她進來吧。」

林荷聲音變得尖銳：「讓她站著！誰教她的，跟人打架！」

林折夏站了一個小時，站得腿都麻了。

她等林荷的聲音平息後，覺得林荷應該沒在盯她，於是偷了一下懶，坐在臺階上。

她一邊捶腿，一邊感慨「大哥」難當。

正當她走神之際，忽然，一隻很好看的手和一袋牛奶味餅乾出現在她的視線裡。

牛奶餅乾是她最喜歡吃的那個牌子。

病秧子冷著臉，他說話還是很跩，只不過這次別過眼，目光錯開她，故意落在別處：

「還妳。」

她和遲曜好像就是從這個時候慢慢熟起來的——在這個對她來說很特殊的人生節點。

搬家帶來的陌生感，從此刻開始一點點落了下來。

「林折夏，」她接過那袋餅乾，報了自己的名字，「你大哥的名字。」

「……」

「折是折頁的折，夏是夏天的夏，你叫什麼？」

病秧子忍了忍，最後還是忍下「大哥」這個稱呼，不冷不熱地扔給她兩個字：「遲曜。」

林折夏：「你有沒有考慮換個名字？」

「？」

「本來身體就不好，還叫吃藥，好像不是很吉利。」

「……」

從那天以後，她開始經常往遲曜家跑。

遲曜家沒人，沒有大人在耳邊嘮叨。

雖然遲曜這狗脾氣，有時候跟他待在一起，也很讓人生氣。

她搬來南巷街後，轉進了另一所小學。

社區裡的那幫孩子基本都念這所學校，因為近。

好巧不巧，她和遲曜同班，隔壁班就是何陽的班級。

小時候她和何陽的關係十分惡劣。

見何陽一次，罵他一次。

何陽帶著他那群小弟，也很仇視她。

在「夏哥」這個稱呼誕生前，何胖子喊她「母老虎」。

於是她知道了遲曜有時候連學校都不怎麼去，經常住院，班上同學甚至不記得有這個人。

林折夏小時候成績穩定在中游，有次在遲曜住院期間自告奮勇幫他講題。

「我上週可是考了八十分的，」小學三年級的林折夏仰著頭說：「馬上要期末考試了，怕你跟不上，勉為其難教教你吧。」

遲曜躺在病床上，打著點滴，然後放下了手裡的書。

林折夏沒看那是什麼書，如果她多看一眼，就會發現那是一本她看不懂的國中講義。

她拿出自己的小本子和那張她頗為滿意的八十分試卷。

注意到遲曜的眼神落在八十分上，她說：「你不用羨慕我的分數，只要你努力一點，你也能考八十分。」

她的這份自信在期末公布成績後，被擊碎了。

老師在臺上微笑著說：「這次我們班的第一名，還是遲曜同學，他每科都是滿分。」

滿、分。

林折夏拿著自己七十八分，比之前還倒退兩分的試卷，忽然沉默了。

她是哪裡來的自信，跑去醫院跟遲曜講了那麼多題？

她是個大傻子。

離醫務室越來越近了。

林折夏邊跑邊喘氣，她以為這些回憶會因為過於久遠而漸漸褪色。

然而並沒有。

九年前的每一樁事情，每一幅畫面，她都記得很清楚。

她也記得遲曜的身體後來不知不覺好了起來，隨著年齡增長，他不再往醫院跑，慢慢地，他長得比同齡人都還高，他開始打球了。

再之後，他的身體甚至變得比同齡人還要好。

在流感易發的季節，很多人不幸感冒倒下的時候，他都沒什麼事。

那個病秧子遲曜，再也沒出現過。

她和遲曜也在不知不覺間，和何陽他們打著打著打成了朋友。

林折夏推開醫務室的門，帶著哭腔喊遲曜的名字：「遲曜——」

她推開門看到遲曜在醫務室那張簡易床上躺著。

少年闔著眼，已經不是小時候的模樣，他身上穿著件T恤，衣服紮進寬鬆的軍褲裡，看起來不像是病了，更像是跑去醫務室偷懶睡覺不守規矩的學生。

林折夏紅著眼，無措地說：「對不起，早知道我就餓死我自己了，我不該讓你去跑操場的……」

「你千萬不要有事，」林折夏手腳發涼，「現在醫學那麼發達，不管什麼病，都可以積極治療，你一定會沒事的。」

床上的人動了動。

這個動的具體表現為，少年頗為不耐煩地抬起了一隻手，搭在耳朵上。

「……」

下一秒，林折夏聽見遲曜說：「我只是崴個腳，還不至於明天就下葬。」

崴……腳？

只是崴了腳？

林折夏愣住了。

林折夏愣完，反應過來是自己過激了。

「跑六圈，」遲曜說：「還能怎麼受傷。」

這時，醫生推門進來，他又叮囑道：「沒什麼大問題，休息下就行，你自己感受下，下地走路沒什麼感覺就歸隊。」

林折夏聽醫生這樣說，剛才提起來的心終於落了回去。

醫生還有別的事要忙，他得盯著訓練場，免得場上發生什麼特殊情況。

林折夏在旁邊坐了一下，正準備回去：「既然你沒事，那我就先走了。」

遲曜：「誰說我沒事？」

說著，他把書桌上的一張紙和一支筆扔給她。

林折夏拿著紙筆，不知道他是什麼意思。

遲曜：「檢討。」

林折夏這才想起來，總教官除了讓他跑二十圈，還讓他寫篇檢討交給他。

她最怕寫作文，寧願去跑操場，於是搬出遲曜說過的話：「我不是不想幫你寫，是我不好意思用我那不及格的國文水準，汙染你這張紙。」

遲曜嗤笑：「妳的字典裡還有不好意思這個詞。」

林折夏：「今天剛學會。」

「算了，」遲曜伸手，示意她把紙筆還給他，「不該對文盲有什麼期待。」

林折夏卻把紙抓緊了：「你才文盲，我作文發揮好的時候也有過五十八分的。」

儘管她很怕寫作文，但是，激將法是真的有用。

而且她確實吃了遲曜買的東西，幫他寫份檢討好像也不過分。

下午的訓練時間排得很空，她有半小時可以在醫務室寫檢討。

林折夏寫下「檢討書」三個字。

遲曜：「字別寫那麼醜。」

林折夏手裡的筆一頓：「為了讓教官分辨不出，我才故意寫得潦草點，這是戰術，你不幹活就閉嘴。」

遲曜安靜了一下。

幾分鐘後，他又把紙上的內容念了出來：「……不瞞各位教官，我其實一直都活得很壓抑。」

遲曜緩慢地問：「我活得壓抑？」

「你能不能不要影響我創作。」林折夏抬起頭。

林折夏又說：「你自己說出去透氣，我總得點題吧，為什麼出去透氣……因為壓抑。」

遲曜「哦」了一聲：「所以我為什麼壓抑？」

林折夏：「這個還沒想好。」

想了兩分鐘，林折夏接著寫——

我會壓抑的原因，是因為我嚮往自由，我遲曜就是這麼不羈的人。

自由！這個從人類誕生就讓人探索不止的課題，我從很小的時候就在想，到底什麼是自由？

昨天晚上，我試圖從牆外找尋這個答案。

答案的「案」字還缺個木，沒寫完，林折夏手裡那張紙就被遲曜一把抓了過去。

「門就在旁邊，」遲曜說：「自己出去。」

萬事開頭難，林折夏開了頭後竟有些不捨：「我剛進入創作狀態……」

遲曜：「出去。」

「……」

出去就出去，她還不想待呢。

她剛起身，病床上的人輕咳了一聲。

她正要說「你還有什麼屁就快點放吧」，但是遲曜卻用和剛才截然不同的語氣說了一句話。

這人大部分時候說話語調都很散漫，帶著點不太明顯的冷嘲熱諷，但他說這句話時收起了這些，聲音放低，竟有些近似溫柔的錯覺。

「我沒事，」遲曜說：「下次別哭。」

軍訓很快進入最後一天，離別之際，學生和教官之間產生了某種奇妙的化學反應。

原本覺得想趕快逃離的地方，現在卻覺得不捨。

面對在心裡偷偷罵過一萬次的教官，發現他也不是那麼面目可憎。

「你們這群方陣都走不好的兔崽子，」最後一天，教官笑著說：「回學校之後好好念書。」

這時是休息時間，等下午結營儀式結束，他們就要坐上巴士返校。

一個班圍坐在一起，和教官聊了一下天。

唐書萱主動問：「教官，我們在你帶過的連隊裡，是不是算表現比較好的？」

教官：「不好意思，你們是我帶過最差的一屆。」

全班哄笑。

林折夏坐在樹蔭底下，七班和一班正對著，她抬眼就可以看到對面一班的隊伍。

層疊的人群中，遲曜坐在最後排。

少年脫了軍訓外套，正躲在後排睡覺。

陽光穿過樹蔭間隙，灑落在他身上。

他身邊那個跟他關係還不錯的同學推了推他，說了句什麼話，遲曜睜開眼，看嘴型說了兩個字。

林折夏猜測那兩個字，十有八九是「別煩」。

陳琳湊近她，說：「妳知道嗎，遲曜現在更出名了。」

林折夏沒反應過來：「啊？」

陳琳：「剛開學那時不就有很多關於他的文章嗎，結果這次軍訓，因為被罰的事情又發了一波文章。」

林折夏不能理解：「……雖然二十圈是挺多的，也不至於發文吹捧吧。」

陳琳：「重點是二十圈嗎，重點是翻牆。」

城安二中作為區升學高中，管理雖然沒有一中那麼嚴格，但幾乎從來沒有出現過違法亂紀的事，在一群老老實實念書的學生裡，「翻牆」這個詞，多少有些超出想像。

遲曜從那個長得很好看的，變成了，長得好看還會半夜翻牆的。

總而言之，帶了點危險色彩。

林折夏一直不是很適應這些論壇八卦，聊了兩句便把話題扯開。

正當她和陳琳聊起一部新連載的漫畫，有人從身後輕輕戳了戳她的肩膀。

林折夏回過頭，發現是班裡同學。

那女生是短頭髮，看起來很靦腆的樣子。

兩個人不熟，所以她看起來更加拘謹，憋了半天才憋出一句：「林折夏，妳是不是認識遲曜呀。」

林折夏：「……」

她感受到陳琳剛才那句「更出名」的意思了。

那女生繼續憋：「我……」

「我想……」

「要一下他的聯……」

林折夏還不知道要怎麼回應，給也不太好，不給也不太好。

她正在想對策。

那女生嘴裡「聯絡方式」四個字還沒說完，坐在前排的唐書萱忽然站了起來。

唐書萱問她：「妳想要遲曜的聯絡方式？」

那女生愣愣地：「啊。」

唐書萱忽然中氣十足地爆出一句：「姐妹，別要。」

「要什麼聯絡方式，遲曜那個人，有什麼好惦記的，不就是長得帥了點嗎——」

她儼然一副受害者口吻，不顧對方震驚的眼神，苦口婆心地說：「真心勸妳，遲曜的聯絡方式，狗都不要。」

三小時後，返校路上。

陳琳和林折夏坐一起，她想起中午的畫面，還是笑得樂不可支：「別說她了，我在旁邊都聽傻了，受害人當場現身說法。」

林折夏劫後餘生：「我當時正犯愁，她就站出來了。」

陳琳：「以後再遇到找妳要聯絡方式的，妳都可以讓她們直接去找書萱。」

林折夏聽著，覺得這不失為一個好主意。

聊了一下，她拿出手機看時間，看到兩則林荷傳來的訊息。

林荷：『大概幾點到家？』

林荷：『我做好飯菜，叫遲曜過來一起吃吧。』

於是林折夏去拍了拍遲曜的頭貼。

拍完她猜對面會回她一個問號。

果然，下一秒，一個言簡意賅的問號出現在聊天畫面內。

『？』

林折夏打字回覆：『等等來我家吃飯。』

『哦。』

她怕遲曜多想，又接著解釋：『不是我邀請你的，是我媽。』

遲曜回覆：『知道了。』

林折夏把話帶到後，正準備關閉聊天畫面，她手指頓了頓，想到中午的場面，最後打下一句：『我覺得，你以後還是做個人吧。』

這時，巴士繞過那堵圍牆，往學校方向駛去，很快軍訓基地變得遙遠而又模糊。

等遲曜到家放完東西，洗過澡之後，林折夏拉著遲曜往自己家跑。

遲曜頭髮還沒擦乾，跟在她身後：「妳餓死鬼投胎？」

林折夏頭也不回：「我是很餓，你走快點。」

她一路拽著遲曜的衣角，推開門喊：「媽——我把人帶來了，快開飯。」

比起遲曜那個冷冷清清的家，林家看起來有煙火氣得多。

魏平坐在沙發上研究他新買的望遠鏡，見遲曜來了，他推了推眼鏡，招呼道：「遲曜，來坐這，幫叔叔看看這個望遠鏡怎麼弄。」

林荷在廚房忙活，把湯從鍋裡盛出來。

林折夏說著「媽我來幫妳」，實則躲進廚房偷了塊可樂雞翅。

林荷喊：「妳洗手了沒？」

林折夏咬著雞翅嘟囔：「洗了。」

林荷：「妳洗個頭，快去把手洗了。」

林折夏：「知道了。」

等菜上齊，幾個人圍一桌吃飯。

遲曜接過筷子：「謝謝林阿姨。」

林荷笑笑：「跟我客氣什麼，多吃點，今天做的都是你愛吃的。」

林折夏心說難怪除了那道可樂雞翅，桌上其他菜都和平時有點不太一樣：「到底誰是親生的，我愛吃的呢？」

林荷笑著拍了一下她的腦袋，只不過這次是冷笑：「妳有得吃就不錯了。」

「……」

遲曜其實經常在他們家吃飯。

小時候「病秧子」遲曜吃的東西都很清淡，每次來她家，她都要跟著吃那些沒什麼味道的飯菜。

等吃完飯天已經黑了。

林折夏從冰箱裡拿了兩根冰棒，分給遲曜一根，兩個人在社區裡散步消食。

她拿的時候是隨手拿的，問：「你那是什麼口味的？」

遲曜：「自己看。」

不知道為什麼，林折夏總覺得他手裡那根比較好吃：「我跟你換吧。」

遲曜沒什麼反應。

林折夏想了想，又提出一個新的建議：「要不然你別吃了？」

遲曜這次有反應了，他抬手，在林折夏後頸處做了一個掐的手勢。

他手裡剛剛捏著冰棒，指尖帶著明顯涼意，其實他掐得很輕，落下的重量像羽毛，林折夏被凍得縮了縮脖子。

兩人並排散步著，剛好遇到何陽。

何陽也剛軍訓完，整個人被晒成煤球：「我靠，你們沒去軍訓？」

林折夏：「去了啊，五天。」

何陽又指指遲曜：「他也去了？」

「那你們怎麼都沒晒黑——」何陽指指自己，「我明明擦了防晒，還是晒成這樣，你們怎麼回事啊，為什麼這麼不公平。」

林折夏都不忍心告訴他遲曜甚至沒擦防晒。

她拍拍何陽的肩，經過他的時候把遲曜手裡那根冰棒擰斷，分了半根給他：「下次換個防晒牌子，你買的防晒可能不太好用。」

何陽看向遲曜：「真的嗎？防晒的問題？你用哪款防晒，推薦一下。」

遲曜看了他一眼：「建議你重新投胎。」

何陽：「……」

三個人聚在一起後，散步去了遲曜家。

林折夏吃完冰棒，在沙發上呆坐了一下，忽然揍了何陽一拳。

何陽被揍得莫名其妙：「妳幹嘛？」

林折夏：「沒什麼，就是忽然想起來，你小時候挺討人厭的。」

何陽：「？？？」

何陽：「那都多少年前的事了，妳怎麼還記得呢。」

林折夏想說因為遲曜進醫務室了，但她沒說這句，最後只說：「我就是記得，我這個人就是小氣，我偶爾想起來還是想打你。」

何陽：「妳有病啊！」

他們和何陽變成朋友，其實沒有經歷什麼特別的事件。

打著打著，大家一年年長大，很多幼稚的童年往事就隨著歲月無聲和解了。

幾人的家長互相認識，又是鄰里，何媽人很爽朗，經常讓何陽送點東西過來。

起初何陽送得彆彆扭扭，畢竟打過架，要不是何媽的命令不敢違抗，他才不想來。

他經常把東西放門口然後直接跑走。

次數多了，林折夏偶爾會跟他搭幾句話：「你怎麼跟做賊似的。」
何胖子紅著脖子：「妳才做賊！」
林折夏：「那你下次來敲個門，遲曜家的門也要敲。」
何胖子：「……」
林折夏：「然後再跟他說句『你好這是給你的』。」
何胖子：「我憑什麼跟他說。」
林折夏：「那你就是做賊的。」
何胖子：「我不是！」
林折夏：「那你去說！」
於是遲曜家的門，除了林折夏以外，多了個人敲。
何胖子第一次和遲曜說話的時候，手裡捧著一籃橘子：「你……你好，我不是做賊的，這是我媽讓我給你的，鄉下自己種的橘子，你、你愛吃不吃吧。」
當時他以為遲曜不會給他什麼好臉色，但是那個病懨懨的男孩說了句「謝謝」。
被林折夏一提，何陽也想起一些童年往事，包括以前的那個遲曜。
他看向沙發，這些天遲曜頭髮長了許多，一條腿屈著，手裡很隨意地拿著遊戲機。
他夏哥湊在旁邊也想玩，但什麼都不會。
林折夏：「這什麼遊戲？」

遲曜：「拳皇。」

林折夏：「這個鍵幹嘛的，那個呢，我要怎麼出拳啊，我怎麼往哪走他都能打到我？」

遲曜：「躲開，按這個。」

遲曜點了點另一個按鍵。

林折夏按上去，螢幕裡的人跳了起來。

林折夏：「行，我會了，看我打套組合拳，三招之內他必死。」

何陽看著他們，心說現在的遲曜除了膚色略顯蒼白以外，很難和以前那個病秧子聯想在一起。

少年腰身雖細，但透過那層薄薄的衣物布料，能隱約窺見底下清淺的輪廓。

何陽想起來，遲曜甚至有腹肌。

已經記不清是哪天了，幾年前，他來遲曜家打遊戲，這天門不知道為什麼沒上鎖，他毫無防備地推開門進去，看見遲曜在練伏地挺身，上身沒穿衣服，汗順著下顎線匯聚在一起往下滴。

那時候遲曜還沒現在高，但整個人已經很出挑了，他目光從少年清瘦的腰劃過，最後落在那層腹肌輪廓上。

遲曜見來的人是他，低聲說了句「靠」，然後說：「關門。」

何陽愣愣地把門關上。

是從哪天開始？

他總記得那天之前，似乎發生過一件事情。

可時間久遠，他實在想不起來了。

屋內吵鬧的聲音很快將何陽拉回來。

他夏哥三招內顯然沒有打過對面，正在替自己找理由：「我剛才是讓了他幾招，我想給他一點機會。」

遲曜：「哦。」

林折夏：「我是說真的。」

遲曜：「嗯。」

林折夏：「你不相信我，你覺得我菜。」

遲曜：「妳知道就好。」

何陽：「……」

這兩人，倒還是老樣子。

軍訓結束，回到學校之後的生活和之前沒什麼兩樣。

在忙碌的念書和考試中，一晃學期過半。

等期中考完，林折夏才覺得壓在胸口上那座大山變輕了些。

期中考連續考了三天，考前她常往遲曜家跑，讓遲曜幫她劃重點。

「你押題押得好準，」這天早上等公車時，林折夏捧著牛奶說：「數學最後兩道大題都被你押中了。」

遲曜倚著候車亭旁邊的欄杆，一身校服，看起來沒睡醒。

林折夏：「就是題型有些變化，最後一道題我還是沒解出來。」

遲曜抬了眼：「沒事，起碼妳還能看出這兩道題是同類題。」

林折夏：「我今天心情好，不跟你計較。」

說話間，公車緩緩駛進站。

車上，林折夏喝著牛奶，好奇遲曜在聽什麼歌：「你在聽什麼，我也想聽。」

遲曜縮在後排，靠窗的位子，正闔著眼補覺。

聞言，他抬起一隻手，把垂在另一側的耳機線拎起來遞給她。

林折夏接過，聽到一陣低低的電音。

她其實也聽不明白這首歌，和她平時聽歌的風格不太一樣，於是這首歌還沒電完，她用手肘碰了碰遲曜：「切歌，換一首。」

「不切，」遲曜說：「愛聽不聽。」

林折夏：「最近有首歌很紅，我想聽那首。」

遲曜：「我不想。」

林折夏：「你聽聽看，說不定你也覺得好聽。」

遲曜：「耳機還我。」

林折夏：「……」

大清早，兩人很幼稚地就切歌這個話題吵了兩次。

坐在他們前面的何陽見怪不怪地搖了搖頭，繼續忙裡偷閒，提前在車上抄等下到學校就要交的作業。

到校後每天的生活和尋常一樣，學期過半，林折夏也和班裡人漸漸熟絡起來，她、陳琳、唐書萱組成了一個小團體。

下課湊一起聊天時，後排兩位男生也會加入話題。

她後座那名男生長得很斯文，平時話不多。

唐書萱：「剛剛課上，老吳講著講著發現自己算錯數字的樣子，笑死我了。」

陳琳倒是沒說話，她下課總是忙著玩手機。

唐書萱：「妳別飆網了，怎麼成天玩手機。」

陳琳頭也不抬，繼續在論壇上衝浪發言，手速如飛，順口和她們分享：「我忙著呢，妳們知道隔壁學校嗎？」

林折夏：「隔壁學校？」

陳琳：「就是實驗附中。」

這個有印象。

何陽的學校。

林折夏：「那個離二中相距……三站路的？」

「對，」陳琳說：「我在跟他們學校的人吵架。」

林折夏：「……」

網路真是拉近人與人之間的距離。

聊到手機，後座那名男生忽然說：「我想起來我們還沒加過好友。」

同一個班的同學，加個聯絡方式不是什麼新鮮事。

他加了唐書萱和陳琳之後，又轉向林折夏：「那個，林同學，能加下好友嗎？」

林折夏沒理由拒絕，於是說了自己的號碼。

到了中午，林折夏和陳琳去學生餐廳打飯。

二中學生餐廳飯菜很豐盛，伙食還算不錯，林折夏端著餐盤，找座位的時候找了一圈，一眼瞥見遲曜那桌還有兩個空位。

「你這應該沒人坐吧，」林折夏端著餐盤過去，「要是沒人的話，那我就給你一個跟本少一起共進午餐的機會。」

遲曜顯然被她這個「本少」雷得不輕：「空著，但不歡迎腦子有問題的人。」

林折夏：「本少智商兩百八，屬於高智商人群。」

遲曜緩慢地看了她一眼：「我看妳像二百五。」

遲曜對面坐著那個送水的男生，聽到這段對話笑得不行，他跟林折夏打招呼，接戲道：「林少，巧了啊，這都能遇到。」

林折夏給予他肯定：「還是徐同學上道，不像某個人。」

送水的男生叫徐庭。

由於林折夏經常去一班找遲曜，體育課也常常出現，他和林折夏也算認識。

林折夏招呼陳琳也坐下，又說：「我去盛湯。」

陳琳也跟著起身：「我……」

林折夏：「妳不用去了，我幫妳盛。」

陳琳其實想跟她一起去，因為林折夏走後，就留她獨自面對旁邊兩個人，主要是面對遲曜。

陳琳拿著筷子，默默吃飯，她不太敢和遲曜說話。

雖然她開學第一天就密切關注且八卦過這個人，但這半學期以來，她發現，遲曜是一個很難相處的人。

起初她介紹過自己：「我、我叫陳琳，是夏夏的隔壁桌。」

遲曜只是「嗯」了一聲。

然後兩人就相顧無言了。

她看林折夏和遲曜說話的時候很自然，但沒想到，輪到自己，一句話都搭不上。

所以在陳琳眼裡，遲曜距離感強、冷淡、不好接近。

似乎也只有她那位姓林的隔壁桌能和他旁若無人地聊天，甚至還能幼稚地互相吵架。

林折夏盛完湯回來，吃個飯也不安靜。

她很順手地把不喜歡吃的花椰菜挑到遲曜的餐盤裡：「你還在長身體，多吃點。」

遲曜：「妳不想我把餐盤扣妳頭上的話，拿走。」

林折夏：「我林少送出去的東西，就沒有拿回來的道理。」

「哦，謝謝林少，」遲曜把筷子放下，偏過頭說：「林少妳碗裡的雞腿不錯，也給我吧。」

林折夏：「……這個不行。」

遲曜：「沒想到林少這麼小氣。」

林折夏：「……」

吃飯吃到一半，幾人忽然聊起期中考成績的事。

徐庭：「我們這次期中考挺難的。」

林折夏深感贊同：「確實。」

徐庭指了指對面的遲曜，接著控訴道：「我讓他幫我劃劃重點，他根本不幫我劃——」

這個林折夏就沒辦法附和了。

徐庭：「林少妳怎麼不說話了，妳難道不覺得他冷酷無情嗎？」

「因為他幫我劃了，」林折夏說：「我不好意思接話。」

徐庭：「……」

怎麼，欺負他沒有竹馬是嗎。

林折夏鼓勵道：「下午應該能出一部分成績，別害怕，考得再差也要勇敢面對。」

林折夏猜得沒錯，下午果然出了部分成績。

國數英三科試卷分批往下發放。

這次期中考林折夏成績維持得很穩定，一直維持在班級前幾。

但是陳琳的成績就不那麼理想了，她每科成績都是低空飛過。

從下午開始，林折夏留意到她臉上神色不太對勁。

「以後還是少玩手機吧，」林折夏以為她是因為成績原因，安慰說：「這些題沒那麼難的，花點時間補補重點就行。」

陳琳出神地盯著桌面，有些失魂落魄地應了聲。

但是等到上課時間，陳琳也一直在走神。

最後一節課是數學，數學老師講課的時候，好幾次點她的名字：「陳琳——妳怎麼回事？考這個成績，上課還不好好聽。」

「妳站起來，」數學老師說：「我剛剛在講哪題？」

陳琳支支吾吾說不出。

林折夏小聲說「第三題」，但為時已晚。

數學老師：「妳站著聽課。」

陳琳一直站到下課。

直到放學鈴響，林折夏打掃完，準備背著包去一班找遲曜一起回家的時候，她才終於繃不住，拉住林折夏說：「那個……妳放學能不能，陪我一起走啊。」

林折夏感到奇怪：「可是我們好像不是很順路。」

陳琳拉著她的手，聲音都有些抖：「晚上可能會有人來找我麻煩，我不敢一個人走。」

「我這幾天不是在論壇和隔壁學校的人吵架嗎，他們不知道怎麼弄的，找到了我的個人資料……」

陳琳說著，給林折夏看自己的手機螢幕。

論壇上發言都是匿名的，吵架內容其實很幼稚，陳琳喜歡的愛豆和別家愛豆鬧矛盾，兩方粉絲在吵架，互相捍衛自己的偶像。
論壇是校園板塊，留言的基本都是市內不同學校的學生。
陳琳ＩＤ叫小柳丁，她私訊畫面裡躺著幾則細思極恐的訊息。
『我實驗附中的，妳哪的？有種我們見面聊。』
隔了幾小時，那人又傳來兩則訊息：『妳叫陳琳是吧？高一七班的。』
『妳給我等著。』
林折夏看到這幾則訊息，背後也有點發涼。
畢竟誰都想不到一個匿名論壇裡的個人資料，會以這麼快的速度洩露。
林折夏冷靜下來說：「大家都是學生，我覺得他們用技術手段查到妳資料的可能性不大，而且最近大家都忙著期中考，更沒這個精力，所以應該是一些在論壇上知道妳身分的人洩露出去的。」
她又問：「妳仔細想想，都有哪些人知道小柳丁是妳？」
陳琳已經慌了神，沒工夫思考這些問題。
林折夏見她這樣，也不放心真的讓她自己一個人回去，嘆口氣說：「那我放學陪妳走吧，就算她們來找妳，應該也不敢對妳做什麼的，我和遲曜說一聲。」
於是林折夏一邊等她整理書包，一邊掏手機傳訊息給遲曜。
『放學不用等我了。』

遲曜回了一個問號外加兩個字。

『？』

『理由。』

林折夏沒把陳琳的事情告訴他，這種私事也不方便透露，打字回覆：『因為我還有別的好朋友，我今天放學要和陳琳一起走。』

對面很快回覆：『知道了。』

陳琳乘車的車站離學校比較遠，得過兩條街。

路上，陳琳懷揣不安地問：「她們會不會帶很多人來打我啊？」

林折夏說：「不至於吧，不就是網路上吵了兩句嗎。」

陳琳：「至於的，狂熱粉絲是很可怕的。」

林折夏反問：「也包括妳嗎？」

陳琳：「……經此一役，我已經決定退出粉絲圈，並打算以後的日子投身念書。」

林折夏：「妳有這個覺悟就好。」

話題繞了一圈，又被陳琳繞回來：「她們會不會真的帶人過來啊。」

林折夏溫吞地說：「妳別看我這樣，我其實還挺能打架的。」

「……妳？」

「我小時候一拳打三個。」

為了讓陳琳放心，林折夏把小時候的戰績拎出來展示：「就這麼高的小胖子，被我揍哭好幾次，他還有一群小弟，也都打不過我。」

她越說，越有那種小時候保護小弟的英勇感。

只不過她當年保護的小弟，姓遲。

她邊走邊留意周遭的環境。

第一條街很喧鬧，街上都是人，但從岔路口轉進第二條街的時候，路上就沒那麼多人了。

這裡離學校有段距離，店鋪生意不怎麼好，關了一片。

街對面有條暗巷，應該是條死路，暗巷裡光線很差，裡面堆了些雜物。

她會留意到這條暗巷的原因，是裡面似乎站了三兩個人，那些人穿得流裡流氣，指間還夾著菸。

為首的那個染了頭紅髮，蹲在巷口，咬著菸肆意打量往來行人。

林折夏腳步放慢了：「雖然我覺得不至於，但是……妳平時經過這裡的時候，對面巷子裡有這些人嗎？」

陳琳也看過去，搖搖頭，肯定地回答她：「沒有，這條路我每天放學都走，沒見過有人躲在這裡。」

林折夏這時候才感覺到慌。

她覺得那些人不會真的來找陳琳麻煩，認為大家都是學生，誰都不想冒著被處分的風險。

但她沒想過，有時候，想找麻煩，未必需要她們親自出面。

林折夏強行讓自己鎮定下來，佯裝沒事，裝作沒察覺任何異常，然後她從口袋裡掏出手機，沒有經過任何思考地，點開和遲曜的聊天畫面。

但有些顫抖的指尖還是出賣了她此刻的心情，她按鍵打字的時候，都打錯了好幾個字。

『我現在在學習外面兩條街外，9路車車站這裡，有以前混混。』

林折夏動作不敢太明顯，正想把「學習」和「以前」這兩個錯別字糾正成「學校」和「一群」，以防遲曜看不懂。

就在這時，巷子裡的人立刻有了動作。

為首的那個扔下菸頭，指了指她們所在的方向，其他人會意，一齊跟了上去。

林折夏立刻牽起陳琳的手，往回學校的路狂奔起來：「跑！」

那幫人要過來，需要穿過中間那條馬路，這給了她們一點時間，但也拖延不了多久，兩人在這條路盡頭、離鬧區一條路之隔的地方被攔了下來。

「跑什麼啊，」紅毛說話時滿嘴菸味，「妳們，誰是陳琳？」

林折夏攥緊陳琳的手：「你誰啊？我不認識你。」

紅毛：「妳管我是誰，快點交代，誰是那個跟我妹在網路上吵架的陳琳？不說的話，我就兩個一起揍。」

紅毛說到這裡，視線在林折夏臉上停留了幾秒。

「小女生長得還挺好看，」紅毛說：「要是我等等下手沒個輕重，這張臉就有點可惜了。」

林折夏想多拖延點時間，於是說：「我不知道什麼陳琳，你們找錯人了。」

紅毛見這兩人說不通，笑著往地上啐了一口口水，然後正要抬手去抓林折夏的頭髮把她拽到自己身前——就在這時，一隻手從他身側伸了出來，他這才發現身後不知道什麼時候站了個人。

那人比他高，略微彎著腰，身上穿了套二中校服。

那人站在他身後伸出一條手臂繞過他，搭在他的肩膀上，把他伸出去半程的那隻手又按了回去，哥倆好似的跟他勾肩搭背。

遠遠看去，像是跟他們一夥的。

林折夏原先因為害怕而下意識閉上了眼，睜開眼，看到的就是這一幕。

「哥們，」那人瞳色很淺，側頭看著紅毛說：「堵人呢？」

紅毛被他這一下搞得有點愣，一時間辨別不出是敵是友。

但他覺得可能是同道中人，不然不會上來就跟他勾著肩搭著背：「你誰啊？也是來打架的？」

遲曜臉上神色不變，下巴微微揚起，拖長了音回他：「啊，對，我二中的，經常在這條街上打架。」

紅毛正想說「沒聽過城安有這種狠角色」，下一秒——

少年的手已經狠狠扣在他後腦勺上，拽著頭髮往後扯，將他整個人硬生生往後拉。他動作乾脆俐落，手勁很大，幾根手指繃緊，然後一腳踹在紅毛的小腿處。

「我呢，」遲曜說：「沒事就喜歡在這條街上閒逛，看誰不太順眼就揍誰。」

第五章　新的遲曜

紅毛腿上被狠踹了一腳，整個人吃痛撐不住想往下跪，偏偏頭還被那人按得死死的，想往下滑都滑不下去，只能強忍著。

紅毛吃痛大喊：「靠！你們幾個，還愣著幹什麼！」

「……他媽的！」

「打他啊！」

紅毛帶來的兩個人對視一眼，聞言一齊衝了上去。

林折夏被眼前這混亂的一幕嚇得差點怔在原地。

雖然她小時候打過架，但眼前這架跟那種小屁孩打架完全不一樣。場面很亂，她自認目前這個形式勸不了架，唯一能做的就是不給遲曜添亂。

林折夏拉著陳琳的手，帶她往後退。

陳琳：「要不要報警……」

林折夏本來想的也是報警，但遲曜一個人打他們幾個，居然還占了上風。

少年動作凌厲，沒有一個多餘的動作，他把書包卸下來扔在一邊，一條手臂死死鎖住紅毛的脖子，將紅毛禁錮得動彈不得——有人想趁機從他身後下手，但沒有找到機會，反而被他用屈起的手肘狠狠向後一撞。

這一下結結實實撞在那人的胸腔上，將那人撞退幾步。

另一個人撲過去時，遲曜已經鬆開鎖住紅毛脖子的手，他反手把紅毛往前推，讓紅毛直直和來人撞上，兩人撞作一團。

看著這場景，陳琳一時間也把報警這件事拋之腦後了：「這情況看起來……」

林折夏說：「看起來不像別人打他，像他在打別人。」

「……」

「所以報警的事情，要不然先觀望一下再說。」

畢竟報警會把事態鬧大，也許會對遲曜造成影響。

這架結束得比她們想像中得要快，沒幾分鐘，就只剩下遲曜還站著。

「走吧，」遲曜打完了說：「送妳們去車站。」

林折夏愣愣地「哦」了一下。

然而誰都沒想到紅毛還想做最後的抗爭，就在林折夏跟著遲曜走了兩步的時候，他忽然從地上躍起。

林折夏毫無防備。

只在那瞬間感受到遲曜伸出手，那隻手輕輕扣著她的後腦勺，將她往他懷裡按。

她的鼻梁擦在他的衣領上，少年衣服上有很淡的洗衣精味，還有被陽光晒過的乾淨的味道。

遲曜這一下在最短時間內拉開了紅毛和林折夏之間的距離，紅毛不只撲了空，還挨了一腳。

林折夏被遲曜按在懷裡，聽見他說話時胸腔輕微震動的聲音。

少年聲音冷得過分：「……這麼喜歡挨揍？」

紅毛這次沒敢再上前。

前方就是車站，公車正好進站。

遲曜跟著林折夏上車，陪她把陳琳送到家。

三人一路無話。

等到了社區門口，陳琳才從剛才的場面裡緩過神：「謝謝，如果不是你們，我都不知道怎麼辦。」

林折夏：「沒事，但妳明天還是和老師說一下情況吧，看看有沒有什麼辦法能查到對方是誰，免得再被找麻煩。」

陳琳點點頭：「那我先回去了，你們路上也注意安全。」

這時天已經有些暗了。

送走陳琳後，只剩下林折夏和遲曜兩個人並排往回走。

林折夏試圖活躍氣氛：「剛才你打架的樣子，很英勇。」

遲曜沒說話。

林折夏繼續：「一挑三跟摟白菜似的，對方根本沒有還手之力。」

遲曜還是沒說話。

林折夏：「而且你很聰明，我打那麼多錯別字你都能看懂。二中老大，你怎麼不說話？」

遲曜這次直接越過她，走到前面去了。

「……」

林折夏這才反應過來，遲曜在生氣。

「我都誇你帥了，」林折夏快步走上前，試探著說：「要不然我再多誇幾句？」

遲曜停下腳步，轉過身看她。

路燈的光逆著打在他身上，讓他整個人蒙上一層陰影。

遲曜難得爆了半句髒話：「妳他……妳知不知道很危險？」

林折夏一時間不知道該說什麼。

遲曜冷笑了一聲，念出當時林折夏回覆他的牽強理由：「還有別的好朋友。」

「妳這好朋友不錯，知道有危險也拉著妳去，妳也挺厲害，一個敢拉一個敢去。」

「……」

「妳如果沒時間傳訊息給我，我要是沒看到手機，如果我沒有恰好就在附近，妳打算怎麼辦？」

「……」

「上次能跑掉，這次呢？」

「…………」

林折夏：「小弟我當時沒想那麼多。」

雖然知道遲曜現在是因為擔心她而遷怒陳琳，她還是想解釋：「她也沒有拉著我去，是我覺得應該沒什麼事，我沒想到在網路上吵個架還能這樣。」

以前遲曜生氣，她哄幾下也就過去了。

但這次不太一樣，她說了一路，遲曜都不怎麼理她。

「遲曜遲曜，你看，這個路燈的倒影好像星星。」

「對面那隻小狗好可愛，跟何陽以前養過的小白有點像。」

「我發現你連頭髮絲都挺帥氣的，我走在你身後，感覺此刻的你，帥得像一幅畫。」

快到家的時候，林折夏伸手拉了一下他肩上的書包帶子：「遲曜，你、理、理、我！」

「你別這樣不說話，」林折夏說：「雖然你平時說話的時候我都很想把你毒啞。」

遲曜這次沒憋住，氣笑了：「妳還想把我毒啞？」

林折夏低聲說：「也就是偶爾想想。」

由於送陳琳回家，導致她回家的時間比平時晚了一個多小時。

林荷把飯菜熱了一下：「今天怎麼這麼晚？」

林折夏放下書包，找了個理由：「我和遲曜去書店逛了一圈，回來晚了。」

魏平：「下次晚回來記得跟妳媽說一聲，妳媽很擔心妳。」

林折夏低聲應下。

她匆忙往嘴裡扒飯，然後問林荷：「媽，我們家的醫藥箱在哪？」

林荷：「在茶几櫃下面，怎麼了？妳哪不舒服？」

「不是，」林折夏說：「是遲曜有點……有點感冒，我去送個藥給他。」

她只是又想到剛才的場景。

遲曜雖然打過了對方那幾個人，但是他有沒有哪裡受傷？

打架的時候容易刮蹭，而且，那拳頭這樣揮過去，手應該很疼吧。

她順著想到遲曜的手，不得不承認如果那雙手破相了，是很可惜的。

她吃完飯，拎著醫藥箱往對面公寓跑。

按門鈴之前她想了想，以遲曜的性格，他現在氣還沒消，可能不會幫她開門。

於是她自己用鑰匙開了門，推開門之前說：「咳，那什麼，我進來了啊。」

進去之後屋裡沒人，浴室裡也沒聲音。

她在門口觀望了一下，看到剛洗完澡的遲曜從臥室裡走出來。

換下校服之後，他離那種「會在放學時候打架」的形象更近了些，很像印象裡那些不好好念書、在學校裡盛氣凌人的反派角色。

「妳有事？」

「我來看看你有沒有受傷，」林折夏抱著醫藥箱說：「你把手伸出來給我看看。」

遲曜頭髮半乾，倚在門邊，淡淡地反問：「我會受傷？對方再來三個我都不會受傷。」

林折夏：「我都看到你手上的傷口了。」

「……」

「別裝了吧，」她忍不住說：「這裡沒有外人。」

遲曜手上有一道長大概四五公分左右的傷口，沿著指骨，洗過澡後已經成了有些泛紫的紅色，他自己都後知後覺，不知道是什麼時候劃到的。

林折夏怕他想繼續裝沒事，強行把他按在沙發上：「我知道，這只是小傷，對您來說不足掛齒，這點小傷都入不了您的眼，但我們還是消個毒吧。」

她說話的時候，一隻手抓著他的手腕。

遲曜垂下眼，看了兩人近乎交疊的手一眼，沒有說話。

林折夏打開醫藥箱，翻出棉花棒和碘酒。

她緩慢地說：「你要是覺得疼的話……」

遲曜：「怎麼，可以揍妳一頓轉移注意力嗎？」

林折夏：「不是，那你就忍著。」

她還是第一次這麼仔細地盯著遲曜的手看。

可能是緊張，她不由自主、小心翼翼地屏住了呼吸。

她的指尖偶爾會蹭到他的，男孩子身上的溫度似乎天生比女孩子更高些，她感覺遲曜手上的溫度一點點傳到了她手上。

氣氛有點奇怪。

林折夏一邊塗藥，一邊想，是不是有點太安靜了。

她正準備說點什麼，還沒清嗓子，遲曜家的門被人一把推開。

「我靠，」何陽震驚地站在門口喊：「我發誓我是想敲門的，但是門沒關，我一敲它就自己開了。」

他大嗓門，喊完，三個人六目相對。

他看到他曜哥坐在沙發上，他夏哥蹲著，鼻尖就快湊在人家手上，兩個人靠得很近。

「……你們在幹嘛呢？」

林折夏捏著棉花棒猛地站起來，帶著幾分自己都不懂的心虛：「上藥，他手蹭傷了。」

「哦，」何陽沒多想，他也往沙發上一坐，跟遲曜擠在一起，說：「我來這避避難，期中考成績公布了，我媽追著我打。」

「我說我雖然考二十三名，但我後面還有十幾個人呢，她問我為什麼總跟差的比。」

「我不跟差的比，我哪來的自信繼續念書？」

林折夏收拾醫藥箱，點點頭：「倒也有幾分道理。」

何陽：「是吧。」

他轉頭去看遲曜，希望得到遲曜的認同。

「沒下過前三，」遲曜說：「不太清楚。」

何陽：「……」

何陽決定轉移話題：「你這手怎麼弄的，這麼長一道。」

遲曜只說：「遇到點事。」

何陽震驚：「你他媽的，打架啊？」

「還是一個打三個，」林折夏補充，「我放學遇到混混了，這事你可別說出去。」

很多不能和家長說的話，跟同齡人之間毫無保留。

何陽自然懂這個道理：「放心，我才不說。不過我曜哥這一打三打得——厲害。」

林折夏沒工夫跟他們繼續聊，她還得趕回家寫作業。

林折夏走後，何陽隨手把玩遲曜茶几上的遊戲機。

他打了一下遊戲和遲曜閒聊：「真的一打三啊。」

遲曜：「假的。」

何陽：「你這麼說，那看來是真的了。」

何陽打了一下遊戲，遲曜去冰箱拿水，順便問他：「喝不喝？」

「喝。」

他說完在伸手去接礦泉水瓶的瞬間，瞥見遲曜身上那件單薄的T恤，想到剛才說的打架，忽然想起一樁之前沒想起來的舊事。

「打架」這兩個字像根線，把之前他怎麼也沒想起來的那件事串了起來。

他想起來，當初他撞見遲曜鍛鍊前，發生的事情是什麼了。

那大概是他們十一二歲的時候，社區附近不知怎麼的，出現了一群到處亂轉的高職生。

有天晚上他們結伴去福利社買東西吃，剛出社區，就被幾個人高馬大的高職生堵在了牆角。

「小朋友們，」幾個人身上菸味很重，其中一個敲了敲何陽的頭，說：「零用錢給哥哥用用唄。」

對當時的他們來說，這幫人看起來簡直像巨人，一拳能把他們掄到街對面。

好在林折夏急中生智，朝對面不認識的阿姨喊了一聲：「媽媽！」然後趁那幾個人怔愣的片刻成功脫身。

也得虧社區附近人多，不然就是喊再多聲「媽媽」都沒什麼用。

雖然沒什麼根據，但他總覺得，這兩件事似乎是有關聯的。

林折夏回到家後開始趕作業，她寫著寫著發現有件事不對勁。

遲曜生氣的時候說的那句「上次能跑掉」裡的「上次」是哪次？

她想了一下，由於和遲曜之間發生過的事情實在太多，怎麼也沒想起來。

算了。

她很快放棄思考。

可能有過那麼一次吧。

寫作業期間，林折夏收到陳琳傳來的幾則訊息。

陳琳：『對不起啊 QAQ ！』

陳琳：『我真的很過意不去，還牽扯到妳和遲曜。』

陳琳：『對不起對不起對不起！』

陳琳：『我把論壇帳號註銷了，從今天起，好好念書，重新做人。』

林折夏回了一個摸摸頭貼圖。

回完之後她把手機放在一邊，想集中注意力寫題，卻仍忍不住想起遲曜打架的那一幕。

但讓她感覺那一幕揮之不去的，不是因為「打架」本身。

很多話陸陸續續在耳邊浮現。

這些話從那句「妳認識遲曜」開始。

——「他很出名啊。」

——「還在想是誰引起那麼大轟動，遲曜啊，那沒事了。」

——「他以前在學校就很出名。」

時間似乎不斷在眼前來回閃爍穿梭。

有很多年前的小時候。

——「身體還不好，隔三差五就往醫院跑……」

——「他拿不動球。」

——「他總生病，沒辦法和我們一起玩。」

再然後，記憶裡那個曾被她護在身後的病秧子漸漸和今天那個打架護著她的遲曜重疊在一起。

林折夏想著，放下筆，趴在桌子上，下巴碰到衣袖的時候，她感覺傍晚倉皇間聞到的那陣乾淨的洗衣精味，似乎還縈繞在鼻尖，揮散不去。

她才恍然發覺入學這些天以來，別人眼裡看到的遲曜和她一直認識的那個遲曜有些不同。

這個不同來自於，她和這個人太熟了，所以一直都沒能發現他的變化。

所以她會覺得文章裡的描述令人迷惑。

所以她無法感同身受。

是因為，她少時認識的那個遲曜，和現在很不一樣。

所以她直到現在才發現，原來遲曜，早就不是她眼裡那個習以為常的「病秧子」了。

她直到今天才重新認識了他。

一個陌生又熟悉的，新的遲曜。

晚上睡前，她忍不住點開貓貓頭頭貼：『您拍了拍「遲狗」。』

林折夏其實想問「你還在生氣嗎」，但遲曜顯然誤會了這個拍一拍的意思。

遲狗：『睡不著？』

林折夏猶豫地回：『……嗯。』

過了一下，對面傳過來一則訊息。

『妳就算夢到六個混混，我都打得過。』

林折夏反應過來，他這是覺得她因為白天被嚇，害怕做惡夢才睡不著。

她捧著手機，在床上翻了個身。

她打字回覆：『那萬一我夢到六十個呢？』

這次對面隔了一下才回。

『那妳正好體驗體驗被人打死是什麼感覺。』

或許是睡前和遲曜聊的那幾句起了作用。

林折夏這天晚上沒有做夢，安安穩穩睡到了第二天早上。

林荷幫她做了三明治，她咬了幾口，又找個袋子把剩下的三明治裝起來，然後拎著東西匆匆往外跑：「媽，我去遲曜家送早餐給他。那個，他不是生病了嘛，我去關懷一下。」

她去遲曜家的時候他還在收拾東西。

遲曜手上貼著ＯＫ繃，身上那件校服衣領還沒扣好，半敞著。

林折夏恭恭敬敬把食品袋遞過去：「孝敬您的。」

遲曜掃了一眼：「妳爹暫時不吃，放旁邊。」

林折夏：「好嘞。」

她把三明治放下，坐在客廳等他，等了一下突然胡扯說：「遲曜，我昨天晚上做夢了。」

「我在夢裡打了六十個，一拳一個，我好厲害。」

「那六十個人，每個都長得很健壯，但完全不是我林少的對手，不出三分鐘，全趴下了。」

遲曜扯了扯嘴角：「妳知道是在做夢就好。」

林折夏其實就是想逗他開心，說完，試探地問：「你今天心情怎麼樣？」

「不太好，」遲曜說：「想殺人。」

「……」

林折夏心說都過去一晚上了：「你怎麼還在生氣。」

遲曜語氣平淡：「我脾氣不好，易怒。」

林折夏：「……」

她也道過歉了，不知道還能說些什麼才能讓遲曜消氣。

想了半天，她說：「我發誓，這是最後一次，以後遇到什麼事情，我都第一時間告訴你。」

說完，她發現遲曜對這句話有一點點反應。

她想了想，繼續補充：「不對你有任何隱瞞，你要是不信的話，我們可以打勾勾。」

林折夏做了個打勾勾的手勢。

遲曜沒伸手，只是越過她，說了一句：「幼稚。」

這句「幼稚」的語調和前幾句不太一樣，尾音變輕，換了其他人可能聽不出，但林折夏立刻就知道，他氣消了。

兩人走到車站的時候，何陽已經提前一步在那等車了。

三個人一起刷卡上車。

遲曜經常在車上補覺，林折夏照例搶了他單側耳機，蹭他的歌聽，一邊聽一邊喝牛奶，等喝完手上那瓶牛奶後，四下環顧，想找找有沒有什麼地方可以扔。

公車上的人漸漸變多。

林折夏抬眼望去，沒找到垃圾桶，倒是發現車上有好幾個穿二中校服的學生，且這些人似乎有意無意地往他們這個方向看。

更準確地說，是往遲曜的方向看。

耳機裡的音樂一曲結束，中間有片刻空白。

在這片空白裡，林折夏也順著他們的目光往旁邊看了一眼。

遲曜坐的位子靠窗，車窗外的光線恰好打在他身上，和開學那時論壇上廣為流傳的那張照片很像。

在這樣的注視下，林折夏忽然覺得有點說不出的彆扭。

她不想自己也間接變成引人注視的對象，於是拿下耳機，抱著書包和那盒空牛奶坐到前排，和何陽坐在一起。

何陽還在抄作業，莫名地問：「妳過來幹嘛？」

林折夏：「……來看看你，作業抄得怎麼樣了。」

何陽：「數學馬上抄完，還剩英語。」

「不過作業下次還是自己寫吧，」林折夏說：「你在車上抄作業的樣子，挺狼狽的。」

說完，林折夏又忍不住提了句：「前面那幾個，好像是我們學校的。」

何陽手上沒停，飛速抬頭，然後說：「就那幾個老是盯著我曜哥看的？」

林折夏「嗯」了一聲。

在何陽說之前，她還以為是她看錯了。

何陽卻見怪不怪：「這有什麼——以前我和曜哥一起上學的時候，比這還誇張，有明明放學不坐這路車回家的人，還硬是坐了一整個學期。」

林折夏：「啊？」

何陽又轉頭向後座瞥了眼，發現遲曜在補覺，沒注意到他說的話，然後說：「我們班那時在走廊盡頭，就飲水機那邊，每次飲水機都大排長龍，全是在外面偷看他的，我有時候裝不到水，都想把他的腦袋擰下來從班裡踢出去。」

「我這麼說會不會顯得太殘忍了？」

林折夏想了想那個場景：「不殘忍，我完全可以理解你的想法。」

她頓了頓，轉而又想說點什麼：「不過——」

不過原來遲曜一直都挺惹眼的。

只是她在昨晚之前一直沒怎麼發現過。

何陽：「不過什麼？」

林折夏沒往下說：「沒什麼。你快到站了，趕緊收拾東西吧。」

林折夏到校後，發現自己桌子抽屜裡被塞滿了零食。

滿滿當當的，應有盡有。

「怎麼辦，」這時，陳琳正好進班，林折夏有點困惑地說：「我好像被人表白了，誰買那麼多吃的給我。」

陳琳面色複雜：「不好意思，我買的。」

林折夏：「……」

陳琳：「就是想感謝你們，但我不敢送給遲曜，要不然妳拿過去給他？」

有獨吞的機會，林折夏才不會拿去和遲曜分享：「他不需要零食，男孩子還是少吃點零食比較好。」

聊到昨天的事，陳琳又說：「我早上去找老師了，老師說會跟實驗附中那邊溝通，跟學校彙報之後，她應該不敢再找人過來了。」

林折夏覺得這事這樣處理還算妥善。

畢竟事情如果鬧大，順著紅毛，能找到那個實驗附中的學生。尤其兩個人似乎關係匪淺，昨天紅毛提到了「他妹」，也許是什麼兄妹關係。

然而她不知道的是，這件事情在她看不見的地方還有一段小小的後續。

高一一班班內。

遲曜坐在最後排，老師在黑板上解著題。

他一隻手轉著筆，一隻手壓在桌子抽屜裡，垂著眼去看手機裡不停彈出的新訊息。

何陽：『被我揪出來了。』

何陽：『是個高二的女生，她在校外認了幾個「哥哥」，其中一個哥哥很出名，紅頭髮。』

何陽：『她還跟別人炫耀過她認識校外的人，應該就是她，沒跑了。』

何陽：『學校下了全校通知，但沒查到具體是誰，我下課帶人警告了她，她應該沒想到會被人找到，還挺慌的，說自己知道錯了。』

何陽：『敢欺負我們夏哥，只要她還在實驗附中一天，想都別想。』

在一班這種資優班裡，課上公然玩手機的他可能是獨一個。

連坐在旁邊的隔壁桌都難免為他肆意的舉動感到震驚。

貼著OK繃的手在螢幕上點了下，回過去一個標點符號表示他知道了：『。』

林折夏思來想去，還是決定在午休的時候分點小零食給遲曜。

陳琳：「妳不是說男孩子不用吃零食嗎？」

林折夏十分坦然地說：「主要是有點占地方，我書都放不下了。」

陳琳：「……」

一班在樓下。

午休時間，走廊裡很熱鬧，每個班門口都聚集著不少人，唯獨一班門口很冷清。

除了一班原班級的人進出以外，很少有其他班的人靠近。

林折夏之前也來過一班幾次，那時還不覺得一班門口人這麼少。

她拎著東西，熟門熟路地在後窗那停下。

遲曜就坐在靠窗的位子，這時正趴著睡覺，他搶了徐庭的外套披在身上遮太陽，黑色帽子蓋住了他整個後腦勺，從她這個角度看過去只看見少年搭在桌沿旁邊的手。

她隔著玻璃窗敲了兩下，喊他：「遲曜！」

話音剛落下，那隻手十分不情願地動了動，抬起來，蓋在了耳朵上。

林折夏：「……」

她深吸一口氣，喊得更大聲了：「——遲曜遲曜遲曜。」

遲曜午覺被人吵醒，脾氣不太好：「妳有什麼事？」

「來送溫暖給你了，」林折夏把一袋吃的從窗戶縫隙遞給他，「不用謝，也不要太感動。」

遲曜看了一眼，沒接：「謝謝，妳特地拿了一堆妳不愛吃的東西過來，我挺感動的。」

袋子裡確實都是她特地挑出來她不愛吃的東西。

林折夏直接鬆手，把東西放他桌上：「我愛吃的你又不愛吃，而且重要的也不是禮物本身，是我的一片心意。」

她說完，又問：「今天你們班外面怎麼都沒人啊？」

遲曜：「妳不是人嗎？」

林折夏：「除了我。反正總感覺，他們都在繞著你們班走……你就坐在靠窗的地方難道沒注意嗎？」

遲曜身上披著的外套順勢往下滑，他抬手抓了下頭髮，輕描淡寫地說：「我懶得管。」

可以。

很符合這人的作風。

林折夏從一班回去的路上，發覺很多人都在看她，她有點不解和尷尬，等她回到七班，才有幾名不熟的同班女生欲言又止地問她：「妳剛剛去一班了嗎？」

「……」

林折夏以為又是來跟她要聯絡方式的，想說，要不然妳去找唐書萱吧。

但看了一圈發現唐書萱現在不在班裡，她只能自己應對。

「啊，」她說：「不過他……」他不太愛加陌生人。

林折夏話還沒說完，那幾名女生又說：「所以那件事是真的嗎？他放學之後喜歡去學校後面那條街打架，昨天放學一個人打了三個混混？」

她不知道謠言是從哪裡傳出來的。

但能傳出來，似乎也不奇怪。

而且……具體地說，這好像也不全算「謠言」，有很大一部分是事實。

「私底下傳開了，」等林折夏回座位後，陳琳小聲說：「遲曜本來關注度就高，昨天打架的事情一傳，現在都以為他是什麼暗藏的不良少年，以前還有人想要聯絡方式，這下連靠近都不敢了。」

林折夏：「怎麼會傳得這麼誇張，我剛剛跟她們解釋了都沒用。」

陳琳：「妳跟遲曜關係好，妳說話她們當然覺得妳是在幫忙掩飾。」

遲曜的出名，從這一架之後變了味。

打架和翻牆性質不一樣，一個會在放學時候打架的男生，大部分人都不敢靠近。

關注的人更多，但敢上前的人少了。

之後林折夏幾次去一班找他，總能發現其他班同學打量的眼神。遲曜有時候拎著水往外走，去辦公室途中，很多人會小心翼翼避開他，但又在跟他擦肩而過之後，回過頭偷偷張望。

鬼使神差地，她登錄學校論壇，點進關於遲曜的討論文章。

最近發言千篇一律都是：『他、好、帥，但我現在連看都不太敢看他。』

『樓上的，妳不是一個人。』

『雖然說這話不太好，但我還挺想看帥哥打架的……』

『散了吧散了吧，遠遠看一眼得了。』

林折夏難得註冊了一個小號，匿名留下一句留言：『他其實真的是見義勇為，不是你們想的那樣。』

但這句留言根本沒人理會，很快石沉大海。

夏天過去，天氣漸漸轉涼。

不知道從什麼時候起，蟬鳴聲徹底消失，樹葉泛黃，氣溫不斷驟降。

很快學校裡的人都越穿越厚，換上厚重的二中冬季校服，冬季校服只有一件大紅色的加厚外套，褲子可以穿自己的。

在林折夏把自己裹得嚴嚴實實的時候，遲曜卻跟不怕冷似的，外套裡面只穿了件單薄的毛衣，整個人依舊顯得清瘦，下身穿了件牛仔褲，腿又長又細。

「你不冷嗎？」上學路上，林折夏忍不住問。

「你是不是故意的，」她說：「在大家都穿得那麼臃腫的時候，為了耍帥，故意穿少。」

遲曜看了她一眼。

眼前的女孩子因為怕冷，大半張臉埋進米色圍巾裡，只露出一雙清凌凌的眼睛。

「我有病？」

「……說不定，你可能確實有病呢。」

林折夏越想越覺得是這麼回事：「其實你已經凍得不行了，但是為了面子，你在強忍寒冷，故作姿態。」

回應她的是遲曜的一聲冷笑：「這天氣，妳還是先擔心妳的腦子有沒有被凍壞。」

林折夏想親手驗證一下：「你腦子才容易被凍壞，你把手伸出來。」

遲曜覺得她無聊，但還是將一隻手伸向她。

林折夏碰了碰他的手背，發現居然真的不冷。

她難以置信地又碰了一下。

這一下停留得更久一些，足夠她留意到遲曜手上留下的那道很淺的疤痕，以及少年溫熱的手背溫度。

這溫度莫名讓她想起之前幫遲曜上藥的片段。

「……」林折夏收回手，說話間呼出的熱氣打在羊絨圍巾上，掀起一陣熱氣，熱氣一路竄到耳根，「那什麼，車來了。」

期末考前的時間過得很快。

學習課本，複習重點，期間夾雜著一次月考，很快就迎來期末考。

天氣太冷，林折夏感冒打著噴嚏，考了三天試。

她考完試領寒假作業，昏昏沉沉地到家埋頭就睡。

睡得迷迷糊糊地，聽見林荷進她房間說：「夏夏，我和妳魏叔叔明天要去趟隔壁市。」

她依稀記得有這麼回事。

魏平要去隔壁市出差幾天，林荷也請了假跟他一起去，兩個人難得出去「旅遊」一次。

「妳自己在家待著，我幫妳包了餃子，自己煮來吃，還有麵條什麼的，冰箱裡都有。」

「注意安全，門窗關好，出門記得帶鑰匙，不然沒人幫妳開門——千萬記得。」

林荷不斷說著注意事項，林折夏應了一聲。

等她一覺睡醒，家裡只剩下她一個人。

她打開冰箱，對著那幾排包好的餃子，沉思許久，然後掏出手機傳訊息給遲曜。

『滴滴滴。』

『你吃過晚飯了嗎？』

『沒有的話，我們一起吃吧。』

十分鐘後。

林折夏坐在遲曜家餐桌前，拿著筷子，望著廚房。

廚房裡，只穿著件毛衣的遲曜在往霧氣翻騰的鍋裡下餃子，那隻掄過三個人的手，正捏著餃子往鍋裡放。

他其實長著一張不太居家的臉，也不像會進廚房的樣子，更像那種被人伺候的——

林折夏正想到這裡，就聽那張臉的主人問：「要醋還是醬油？」

「醋！」

「辣椒油要嗎？」

林折夏點點頭：「要。」

「妳還敢要，」遲曜說：「嫌感冒的時間不夠長，咳嗽咳得不夠狠？」

「……」

那你還問。

吃飯中途，林折夏說：「要不然，等等我洗碗吧。」

遲曜沒什麼反應。

林折夏提醒：「我只是客氣一下，你要拒絕我。」

遲曜：「我為什麼要拒絕？」

林折夏慢吞吞地說：「因為我來你家做客，我就是客人，你不能真的讓我洗碗。」

「不好意思，」遲曜說：「我家沒有那麼多規矩，不攔著客人洗碗。」

林折夏閉上嘴，不想和他繼續聊下去了。

她吃東西速度很慢，等她細嚼慢嚥吃完，抬頭看了眼時間，已經快八點半。

兩人吃飯時，客廳電視在播天氣預報，只不過聲音被調弱，淪為背景音：『……上述部分地區夜裡可能伴有短時強降雨，局部地區有雷暴大風等強對流天氣，望市民出行注意安全。』

當天夜裡一點半，林折夏被一聲雷響吵醒。

「轟隆——」

雷聲像一把利刃，劈開濃墨似的天空，所經之處電閃雷鳴。

她整個人裹在被子裡，依稀記得剛才似乎做了個惡夢，睜開眼，在聽到雷聲的剎那控制不住地戰慄了一下。

但這戰慄並不是因為剛才的惡夢，而是雷聲。

林折夏想著，白天還好好的，晚上竟然打雷了。

隨後她又想到現在家裡只有她一個人。

她很少有特別害怕的東西，唯獨怕打雷。

「轟隆隆——」

雷聲一道接著一道，沒有要停歇的跡象。

林折夏耳邊似乎有好幾道雷聲在不斷循環播放，記憶深處那幾道雷聲也在她腦海裡劈了下來。

那也是一個雷雨天。

孩童四五歲稚嫩的聲音，帶著哭腔在喊：「爸爸。」

「……爸爸，不要走，爸爸。」

記憶裡瑣碎的聲音接著一轉，出現林荷故作堅定的聲音。

「你想走就走吧，以後你跟我們沒有任何關係，不必聯絡，也別再出現了。」

「——帶著你的東西，滾！」

頭很昏沉，等她反應過來的時候，她才察覺到自己在被子裡發抖。

林折夏伸手想去搆床頭的開關，想開燈，卻怎麼也摸不到。

最後她垂下手，掌心壓到枕邊的手機。

她像是抓到救命稻草似的抓緊手機，藉著螢幕熒亮的光，點開那個熟悉的貓貓頭頭貼，整個人蜷縮在被子裡，遲緩地打著字：『你睡了嗎，沒睡的話我能不能……』

能不能去你家找你。

她還沒把這句話打完，一通語音電話撥了過來。

『「遲狗」邀請您進行通話……』

『我在門口，』電話接通後，少年熟悉的聲音傳到她耳朵裡，蓋過了窗外的雷聲，『開一下門。』

如果不是聽筒裡傳出來的聲音過於真實，林折夏幾乎要以為現在才是在做夢。

不然怎麼她上一秒想到遲曜，下一秒就接到了他的電話。

『林折夏，』在她愣神之際，對面念了一遍她的名字，又說：『聽得見嗎？』

「……」

『聽得見就回一句。』

林折夏坐起身，按下燈源開關，臥室裡一下亮了起來。

她掀開被子下床，對著手機說：「聽見了。」

林折夏拿著手機，開門就看到倚在電梯口的人。

遲曜出來得匆忙，連外套都沒穿，頭髮凌亂地垂在額前，整個人似乎沾著寒氣，手邊拎著一把透明雨傘，傘尖朝下，正滴著水。

見她開了門，他指尖微動，掛斷通話。

進屋後，林折夏問：「你穿好少，冷不冷啊，喝熱水還是喝茶。」

「水。」

她轉身去廚房，又問了一句：「你怎麼這麼晚還沒睡？」

遲曜：「來看看某個膽小鬼是不是正躲在被子裡發抖。」

作為被說中的膽小鬼本人，林折夏凝噎了一秒。

她把水杯遞過去：「雖然你說的是事實，但你能不能給我點面子。」

遲曜接過：「怎麼給？」

林折夏：「比如說找點其他理由，反正不要這樣直接說出來。」

遲曜泛白的指節搭在玻璃杯上，林折夏都已經做好會被拒絕的準備，卻見他微微偏過頭，思考兩秒：「那我重新說？」

「可以。」

林折夏點點頭，重新問了一遍：「遲曜，你怎麼這麼晚還沒睡？」

遲曜語調平平：「我失眠，睡不著，半夜起來散步。」
林折夏：「……」
遲曜：「有問題嗎，法律規定不能在半夜散步？」
林折夏：「淩晨一點半散步，好像有點牽強。」
今天晚上的遲曜似乎格外好說話。
他沉默兩秒，又重新找了個理由：「其實我也很膽小，我被雷聲嚇醒了，我特別害怕。」
「這理由可以，」林折夏很自然地順著說：「你別害怕，既然你來找我，我會罩著你的。」
遲曜微微頷首：「謝謝。」
林折夏：「不客氣。」
「既然你那麼害怕，」林折夏把被子從臥室抱出來，「不如我們今天晚上就在客廳睡吧，我睡沙發，你睡地上，這條毯子給你。」
遲曜倚著牆看她忙活，語氣很淡地說：「妳家規定客人不能洗碗，卻能讓客人睡在地上，待客之道挺獨特。」
正在往地上鋪墊子的林折夏：「……」
「這都要怪你，」她鋪完後把枕頭放上去，「我其實很想把沙發讓給你的，但是你太高了，你過於優越的自身條件，導致沙發對你來說可能有點不適合。」

遲曜還沒張嘴，她又把自己貶了一通，讓他徹底無話可說：「而我，我只是個矮子。」

遲曜最後只能說出一句：「沒想到妳這麼有自知之明。」

林折夏：「應該的。」

客廳開著暖氣，就算不蓋被子也不會覺得冷，但林折夏還是把自己裹了起來，蜷縮在沙發上準備睡覺。

遲曜暫時不睡，屈著腿坐在地毯上，背靠著沙發。

窗外依舊電閃雷鳴，雷電時不時劈下來，有一瞬間將蒼穹點亮。

可能是因為屋裡多了一個人，林折夏忽然覺得雷聲離她遠了很多。

客廳中央的燈已經關了，只剩下一盞微弱的小燈還亮著。

林折夏睜著眼睛，透過光線，看到少年削瘦的脖頸。

「遲曜。」林折夏喊他。

遲曜「嗯」了一聲表示他在聽。

除了窗外的聲音，只餘兩人有一搭沒一搭說話的聲音。

「你在幹嘛？」

「徐庭找我，在回他訊息。」

「他這麼晚也不睡覺。」

「嗯，他有病。」

林折夏提醒：「我們也沒睡。」

遲曜說：「不一樣。」

林折夏：「……怎麼就不一樣。」

遲曜：「因為我雙標。」

「……」

安靜了一下，林折夏又小聲問：「你明天早上想吃什麼？」

她補充：「我有點餓了，明天早上我想吃小籠包。」

「那妳得先睡覺。」遲曜說。

「噢。」

林折夏閉上眼。

外面沒有再繼續打雷了，她閉上眼，聽到的是淅淅瀝瀝的雨聲。

她想起第一次在遲曜面前暴露自己害怕打雷，已經是很多很多年前的事。

早到她都記不太清具體年份了。

似乎是搬到這第二年的時候，那年夜裡有過一場雷雨。

那時候林折夏還是打遍社區的「母老虎」，遲曜也依舊是她單方面認的「小弟」。

那天林荷和魏平去參加同事的飯局，吃完飯又去唱歌，往家裡趕的時候已過十二點，當時雨勢加大，因為天氣原因兩人被塞在路上，手機也沒電了。

林折夏怕打雷的毛病沒有在林荷面前顯露過，因為只要家裡有人，她其實就沒那麼害怕。所以林荷只知道女兒不喜歡雷雨天，並不知道她對雷聲的恐懼，想著這麼晚了她應該也已經睡了。

但那天晚上林折夏沒有睡著。

她捏著手機，渾身緊繃，不斷打電話給林荷。

『您所撥打的電話已關機……請在嘟聲後留言……』

「……」

林折夏唇色慘白，在心裡想著：為什麼打不通。

哪怕只是接個電話也好。

讓她聽見一點聲音就夠了。

接踵而來的恐懼像不斷上漲的潮水，幾乎要將她吞沒。

她最後不知道怎麼想的，傘都沒撐，冒著雨蹲在遲曜家門口，遲曜開門的時候她渾身上下都濕透了。

「你大哥我剛才出門，」她哆嗦著找藉口說：「忘記帶鑰匙了。」

「……」

縮小版的遲曜站在門口看了她一下：「妳大半夜出門？」

「不行嗎，」她哆嗦著說：「我就喜歡大半夜出門。」

最後遲曜放她進屋，給了她一套沒拆過的衣服和毛巾。

林折夏那時還是短頭髮，換上男生的衣服之後看起來像個小男生。

起初遲曜以為她是因為淋了雨太累才會止不住發抖，可進屋半小時後，林折夏依舊縮在沙發角落裡哆嗦。

遲曜似乎問了她好幾句「冷不冷」，但她都沒回應。

直到遲曜站在她面前，伸手試探她的體溫，她才回過神來。

「小時候，」林折夏感受到貼在自己額前的那點溫度，這份溫度將她拽回來，她忽然壓抑不住地說：「我爸爸就是這樣離開的。」

「他在外面有別的女人，還有……別的孩子。」

「雷聲很大，我求了他很久，他還是走了。」

這幾句話一直藏在她心裡，她怕林荷擔心，從來沒說過。

這份她一直藏著，連林荷都不知道的恐懼，從那刻開始多了一個知曉的人。

林折夏閉著眼，從回憶裡抽離的同時，聽見旁邊有窸窸窣窣的聲音，是遲曜躺下了。

兩個人位置靠得很近，沙發本來就不高，她垂下手、再往旁邊側一點，就能碰到遲曜的頭髮。

她伸手把被子拉上去一點，蓋過鼻尖，甕聲甕氣地說：「遲曜遲曜，你睡了嗎？」
「沒。」
「我睡不著。」
「……」
「你會不會講故事啊，」林折夏又說：「我聽故事可能會睡得比較快一點。」
遲曜反問：「妳幾歲？」
林折夏：「今年三歲。」
講睡前故事只是她隨口一說，畢竟遲曜這個人，和睡前故事四個字，一點都搭不上邊。
他更適合講黑暗童話。
但今天的遲曜實在太好說話了，好說話到她忍不住提一些過分的要求。
黑暗裡，客廳安靜了一下，然後傳來一點輕微響動，接著林折夏看到沙發斜下方發出一點光亮，遲曜滑開手機解了鎖。
「要聽什麼？」
「都可以，最好是那種適合女孩子聽的故事。」
半晌，遲曜沒什麼感情地開口：「很久以前，有一群野豬。」
林折夏縮在被子裡，感覺自己有點窒息：「你對女孩子有什麼誤、解、嗎！」

又過了一下。

遲曜滑半天手機，找到一篇：「森林裡有一群小兔子……嘖，兔子總行吧。」

這個還可以。

跟兔子相關的故事，總不會有什麼離奇展開。

林折夏不說話了，讓他接著念。

遲曜講故事的時候還是沒什麼感情，甚至字句裡能隱約透出一種「這是什麼弱智故事」的個人態度，但由於聲音放低許多，加上夜晚的襯托，林折夏居然覺得耳邊的聲音甚至有點溫柔。

「小兔子們出門去摘胡蘿蔔，小兔子兔兔——」中途，他停下來吐槽一句，「這什麼名字。」

林折夏：「你不要隨意發揮，很破壞故事氣氛。」

遲曜：「已經是兔子了，有必要取個名字叫兔兔嗎。」

林折夏：「……你別管。」

遲曜：「講故事的人是我，我覺得拗口。」

林折夏縮在被子裡，懶得和他爭，隨口說：「那你幫牠換個名字吧。」

遲曜的聲音停頓了一下，然後繼續不冷不熱地念：「小兔子夏夏帶著她的籃子和心愛的荷葉雨傘出了門。」

「……」

「就算要換名字，」林折夏感覺到一股濃濃的羞恥，「也、別、換、我、的、名、字！」

這個無聊的摘胡蘿蔔故事很長。

中間小兔子又遇到黑熊又遇到狡詐的狐狸，荷葉傘被狐狸騙走，最後天氣生變，還下起了雨。

林折夏聽到後半段的時候已經感覺到睏了，結局之前，她閉著眼困倦地問：「……最後的結局呢？」

遲曜往下翻頁。

在這幾秒間的停頓中，他聽見林折夏清淺的呼吸聲。

她沒等到結局就睡著了。

遲曜遮在碎髮後面的眼睛被螢幕點亮，他撐著手，半坐起身去看沙發上的人。

女孩子頭髮很亂，亂糟糟地散著，睡姿側著，一隻手壓在臉側，另一隻手垂在沙發旁邊，纖細的手腕差點碰到他的頭髮。

遲曜看了一下。

眼前的林折夏和很多年前縮在他家沙發上的那個林折夏漸漸重疊。

只是除了小時候那場雷雨，他還想起另一段畫面。

那是幾年前，國中入學的前一夜。

林荷建議林折夏去讀女校的初衷，完全是因為她在社區裡太野了。

「妳是個女孩子，」林荷氣急，「整天追著何陽打，像樣嗎？」

那時候的林折夏哽著脖子：「是他找打。」

林荷：「妳還敢頂嘴——」

林荷拎著掃把，想打她，但林折夏總能跑出去，於是兩個人常常在社區裡上演一場母女對峙的戲碼。

林折夏：「是他先欺負遲曜的。」

林荷：「那妳可以和他講道理，妳為什麼要動手？」

林折夏自以為冷酷地說：「男人的世界，就是要用拳頭解決問題。」

林荷氣笑了，邊追邊喊：「……妳過來，妳別跑，我現在也要用拳頭解決我們之間的問題，妳給我站住！」

林折夏起初還不覺得去讀女校有什麼問題，反正都是上學，直到離開學日期越來越近，她發現社區裡的其他人都上同一所學校，這就意味著他們可以一起上學、一起放學、甚至一起去福利社買東西吃。

只有她一個人，孤零零地在其他學校。

入學前一夜，她終於繃不住，在他面前垮著臉哭了很久：「我不想一個人去上學，我也想跟你們一起，我以後都不打何陽了，我跟他講道理，我講道理還不行嗎。」

她哭著哭著甚至打了個嗝。

那天晚上，林折夏說了很多話，其中一句是：「……遲曜，你能不能變成女的，然後跟我一起去上學啊。」

那也是她為數不多，在他面前流露過脆弱的一次。

和害怕打雷一樣，她膽子很小，很怕人和人之間的分別，總是沒什麼安全感。

記憶中的畫面接著一轉，轉到國中學校，他填完志願後，老師叫他去辦公室，四十多歲的年級主任說話時小心翼翼，試探著說：「一中和二中，你是不是多寫了一筆？」

「沒多寫，」他聽見那時候的自己說：「我填的就是二中。」

遲曜收回眼，去看手機。

發現關於小兔子摘胡蘿蔔的故事，結局只有輕描淡寫的一行：等雨停了，牠們終於摘到了胡蘿蔔，高興地回了家。

「最後雨過天晴，」遲曜聲音很輕，「小兔子看見了彩虹。晚安，膽小鬼。」

第六章　膽小的瞎子

次日，林折夏被一陣強烈的陽光照醒。

窗簾只拉了一半，耀眼的光直直照進來，將整個客廳照得透亮。

如果不是外面的地面還是濕漉漉的，她幾乎以為，昨天晚上的暴雨只是一場臆想中的惡夢。

但她從沙發上坐起來，抓了抓頭髮，看到地毯上鋪得整整齊齊的床墊和毯子，記憶又一下被拉回到昨晚。

昨天晚上她耳邊出現過的聲音，以及關於小兔子的睡前故事，都不是夢。

她拿出手機看了眼時間，早上八點二十三分。

她點開聯絡人列表，傳幾則訊息給遲曜。

『你回去了嗎？』

『等等要不要一起吃早餐？』

『我請你吃小籠包，不要跟我客氣，免費請你吃到飽。』

遲曜應該是剛走沒多久，回了個「已讀」。

林荷不在，沒人下廚，早餐自然得出去吃。

社區門口有一排商鋪，早餐店並排著開了好幾家。

吃了那麼多年，社區裡的這幫孩子和老闆們都混了個臉熟。

林折夏拉著遲曜推開早餐店的門進去，還沒點餐，坐在收銀臺前的老闆就笑著招呼：「小夏，來了啊，小遲也在，你們今天吃點什麼，小籠包？」

林折夏找了個空位坐下，她穿了件很厚的白色羽絨外套，一邊脫外套一邊說：「妳怎麼一下就猜中，我感覺我都不用點餐了……」

老闆是個中年女人，在計算機上算價錢，開玩笑說：「你們不用點了，直接掃碼，等等幫你們上的東西但凡有一個是你們不愛吃的，這頓我都不收你們的錢。」

這裡煙火氣很濃，後廚在蒸包子，掀蓋的瞬間香味隨著熱氣一起飄出來。

林折夏問遲曜：「你吃幾籠？」

遲曜還沒回答。

怕他真的點太多，她又緊接著說：「雖然我說可以請你吃到飽，不過早餐還是得均衡點，你看看豆花，還有南瓜粥什麼的，這些不但營養豐富，還比較便宜。」

遲曜今天穿了件黑色毛衣，頭髮長了些，襯得眉眼更濃，倨傲感揮散不去。

他輕嗤了一聲：「膽小鬼，妳就是這樣請客的？」

「……」林折夏緩慢地承認：「我這個人，是比較喜歡出爾反爾。」

點的東西很快就上齊了。

林折夏昨晚就開始念叨小籠包，不忘初心，專心盯著小籠包吃。

兩人各一籠。

林折夏把自己那份吃完後，又盯著遲曜那份看。

她趁遲曜低頭喝粥的時候，筷子飛快地伸過去，夾起一個就往自己碗裡放。

在她以為自己這番操作神不知鬼不覺，連偷三個之後，冷不防聽見一句：「妳是不是以為我沒看見。」

林折夏：「……」

她抬頭，對上遲曜的眼睛。

林折夏扒著碗說：「我是覺得，像你那麼大方的人，應該不會介意。」

「不好意思，」遲曜說：「我介意。」

林折夏：「我都誇你大方了，你不該直接對號入座嗎。」

遲曜：「哦，我小氣。」

林折夏：「那我吃都吃了，總不能……」

她話沒說完，遲曜往後微靠：「妳吐出來吧。」

「……」

最後那份小籠包還是進了她的肚子。

遲曜說歸說，在她的筷子再度躍躍欲試想偷的時候，他還是選擇了睜一隻眼閉一隻眼。

林折夏還是像往常一樣，寒假大多數時間都窩在遲曜家裡。

林荷不在的這幾天，她跑得更勤了。

遲曜家沙發上堆著一條她用來保暖的小毯子，還有她從家裡拿過來看的幾本漫畫書，茶几上擺著她愛吃的零食，書桌上除了遲曜自己的課本，還夾雜著她的課本和作業。

何陽偶爾會因為躲何媽，跑過來待一陣：「夏哥，不知道的還以為這是妳家。」

林折夏正和遲曜共用一張書桌，二中安排的寒假作業都是一樣的，她時不時會瞥遲曜的答案一眼。

她直接認下：「你來我家幹嘛？」

何陽：「……妳還真不客氣。」

林折夏：「還行吧。」

何陽轉頭去看遲曜，他曜哥正捏著黑色水性筆，漫不經心地往試卷上填答案。

填完，抬起另一隻手，掌心搭在林折夏頭頂，把她的腦袋擰回去：「自己算。」

林折夏：「自己算就自己算，這題很簡單，我又不是不會。」

何陽感覺自己像個外人，這個地方，沒有他的容身之地。

假期無聊，等他們寫完作業，何陽興致勃勃地問：「打不打遊戲？」

林折夏看了他手機螢幕一眼，發現是暑假那時遲曜一直在打的那款遊戲。

她平時很少打遊戲，主要是打得不好，以至於很難產生成就感。比起打遊戲，她假期更喜歡看看劇，或者約同學出去玩。

「可以，」正好她現在也不知道做什麼，便答應下來，「不過我不太會玩。」

何陽：「沒玩過不重要，我和曜哥帶妳。」

林折夏懷疑：「帶得動嗎？」

「……」何陽說：「妳就算不相信我，也要相信曜哥。」

於是林折夏就這樣進入了召喚峽谷。

取名字的時候，她想了想，隨手取了個「噗通」。

過了一下，其他兩個人也上線了。

何陽叫「帶飛全場」，遲曜的名字看起來很高冷，只有一個句號。

這款遊戲紅很久了，林折夏大概知道遊戲機制。

遊戲開局後，她像在峽谷散步，哪個技能好了就放哪個，還經常放歪。

即使是這樣，她也很少被對面抓。每次被對面包圍，她正要喊「求求了放過我吧」，原先在打野區沉默打野的句號總能神出鬼沒，出現在她身邊，乾脆俐落解決掉那幾個人，然後再潛回打野區。

所以她散步散得很自由，她願意的話，甚至都能去對面散一下步。

何陽十分捧場，把她的狗屎操作誇出花來：「夏哥，妳剛才那個放歪的大招，一定是有妳獨特的思考吧，我知道了，妳是不屑用大招擊敗他，妳在羞辱他，想從精神上打壓他，高招啊。」

「夏哥，妳這虛晃一槍，聲東擊西，幫我創造了機會，我能拿下這個人頭，主要功勞在妳。」

「……」

「謝謝，」林折夏說：「但是下次說話之前記得打一下草稿。」

遲曜打遊戲的時候話不多，林折夏偷偷瞥了一眼，他漫不經心地操作著遊戲角色，偶爾會對她冒出幾句簡短的話。

「過來。」

「不用跑。」

「他死了。」

被帶飛的感覺很奇妙。

無論何時何地，遲曜總會第一時間出現。

這感覺很像那天在巷子附近，她冷不防被他按在懷裡一樣。

林折夏喊著「厲害、好神啊」，思緒卻不可控制地發散了一下，她一邊操縱角色散步，一邊問：「你是不是經常帶……人上分，不然怎麼這麼熟練？」

印象裡遊戲打很好的男生，應該帶過很多人吧，所以他也帶過很多人嗎？

遲曜掀起眼皮，還沒說什麼，何陽逮住話題，搶先吐槽起來：「他？拉倒吧，就他這脾氣還帶人？」

「上次我跟他上分，組到個隊友，是個女生，那女生開麥對他喊『哥哥救命』，這個人頭都不回的。」

「然後那女生還問『你剛剛怎麼不救我』，妳知道他說什麼嗎？」

「他說『不是妳哥，關我屁事』。」

「聽聽，這是人話嗎，怎麼能這樣對女生說話？！」

林折夏：「……確實，他不被檢舉就不錯了。」

這個話題就這樣掀了過去。

她發散的思緒也在聽見何陽的話之後，戛然而止。

她繼續盯著手機螢幕，來不及去捕捉那一閃而過的情緒，只是感覺到手上操控的這個遊戲角色，散步的步伐都更加輕快了起來。

林荷和魏平在隔壁市多待了幾天，回來的日期比預計晚。

兩人到家的時候正好是晚上。

林折夏剛睡下，聽見門口有打開門鎖的聲音。

她從床上爬起來，跑到門口，給幾日不見的林荷一個擁抱。

林荷手裡拎著不少帶回來的東西：「妳怎麼還沒睡？我以為妳睡了呢。」

林折夏說：「正要睡，聽見聲音了。」

短暫的擁抱過後，她又看向魏平，喊了一句「魏叔叔」當作招呼。

魏平笑笑，把手上的東西放下之後，對她說：「我帶了禮物給妳，妳看看喜不喜歡。」

魏平出差回來總會帶點小禮物給她，但大多是她不喜歡的，魏平被固有印象洗腦，總覺得女孩子都喜歡粉色，都喜歡公主裙，都喜歡亮晶晶的水晶擺件。

她其實，不喜歡粉色。

果不其然，魏平這次拿出來的還是一個粉色的毛絨玩偶。

「這個玩偶挺可愛的，」魏平說：「我路過看到，就買了。」

林折夏接過那隻毛絨玩偶說：「謝謝魏叔叔，我很喜歡。就是總讓你帶禮物，有點不太好意思。」

魏平：「沒什麼不好意思的，這幾天在家裡待著怎麼樣？吃得還習慣吧？」

林折夏：「我和遲曜一起出去吃，挺習慣的。」

兩個人寒暄一陣，林折夏帶著禮物回房間。

她把毛絨玩偶擺在書桌旁邊，那裡有個置物架，上面放了很多零碎的小東西，大多是魏平送給她的。

放完後，她盯著玩偶看了一下。

等她再躺上床，發現睡意被打斷後消失了。

由於白天在峽谷的體驗太好，她翻了個身，忍不住登錄遊戲，躍躍欲試。

白天一直連勝，所以她有種也能和遲曜一樣的錯覺，想一個人打對面五個。

剛登上遊戲，她掃了好友列表一眼沒有看到那個句號。

林折夏又從頭翻了一遍，這次找到了那個貓貓頭頭貼，但頭貼旁邊顯示的遊戲名字已經不是句號了，而是四個字——小豬落水。

林折夏看了自己的暱稱「噗通」一眼：「……」

她從遊戲畫面切出去，點開和遲曜的聊天畫面，手指狠狠地在螢幕上打字，傳出去一句：『你、才、是、豬！』

這個世界上，怎麼會有遲曜這麼無聊的人？？？

居然無聊到特地改遊戲名字羞辱她。

第二天中午，林折夏吃過飯去遲曜家聲討：「你把遊戲名字換了，現在，立刻，馬上換。」

遲曜在廚房裝水，少年捏著玻璃杯，很無所謂地說了句：「可以。」

正當她在想遲曜今天怎麼會那麼好說話的時候，就聽到他又說了後半句：「改名卡五塊一張，付完我立刻改。」

「……」

「怎麼不說話了？」

「……」

他聲音淡淡地，繼續追問：「轉帳還是刷卡？」

「………」

「現金也可以，」遲曜伸出一隻手，向她微微俯身說：「付錢。」

林折夏看著他的手，沉默過後說：「其實，我忽然覺得，小豬落水這個名字不錯，你就用吧。」

「豬也挺可愛的。」

因為不肯出這五塊錢，林折夏迅速將這個話題翻篇。

幾分鐘後，她縮在沙發上，蓋著她那條毯子，低著頭滑手機，一邊滑一邊換了個話題說：「我買了樣東西，地址填了你家，過幾天到了你幫我收一下，千萬要記得保密，這是我跟你之間的祕密。」

遲曜：「求我。」

「求求你。」

「『你』？」

「不是，求求這位全世界最帥的帥哥。」

「我媽生日不是快到了嗎，」她接著說：「幫她準備的禮物，想給她一個驚喜，要是提前透露出去就不是驚喜了。」

林荷的生日在下週，林折夏每年都會準備點小禮物給她，遲曜沒再多問。

由於林折夏對遊戲的新鮮感還沒過，之後等快遞的幾天裡，兩人偶爾還是會一起雙排。

幾天下來，林折夏對這款遊戲更了解了些，偶爾還能打出點操作，不至於拖遲曜後腿了。

期間，有一個林折夏並不是太熟悉的同班女生傳來一個加入隊伍的請求：『妳也玩這款遊戲呀，下把一起玩吧。』

「我有個同學想一起玩，」林折夏躺在遲曜家沙發上說：「我按同意了？」

遲曜沒什麼反應，林折夏點了「同意」。

看到同學也在線上，加進來一起玩是很正常的事情。

那位女生的聲音從隊伍裡傳出來：『嗨，夏夏。』

林折夏也跟她打了聲招呼。

遲曜沒開麥，全程沉默地像個專門來帶飛的陪玩。

同班女生：『還有一個人怎麼不說話？』

林折夏：「不用管，他啞巴。」

『啊？』

反正遲曜不開麥，林折夏隨便給他扣帽子：「他手機摔壞了，而且家境貧困，得過一陣子才能換一個能通話的手機。」

『……』

一局很快結束。

那名女生跟著一起躺贏後，臨走前感慨了一句：『妳朋友好強。』

接著，她又問：『這是我們班哪位同學嗎，我好像沒有加好友。』

林折夏沉默了一下，不知道該怎麼跟她說，其實和她一起打遊戲的人是那個一班的遲曜。

最後她只能說：「……不是我們班的。」

幾天後，快遞員上門送快遞：「遲曜大蠢豬是你本人嗎？簽收一下，這裡簽個名。」

包裹不大，也很輕。

遲曜剛睡醒，沒什麼表情地接過快遞員遞過來的筆。

等快遞員走了，他關上門，嘴角輕扯，低聲說了一句「幼稚」。

林折夏為了準備禮物給林荷，時刻關注物流動態。

她踩著拖鞋跑去遲曜家：「我東西是不是到了——」

「到了，」遲曜準備回房間繼續補覺，轉身之前站在門口警告她：「妳下次再取這種亂七八糟的收件名，就別怪我哪天把妳的東西扔出去。」

林折夏：「你先改名字罵我的。」

遲曜：「我哪個字罵妳了。」

「你罵人的風格不如我光明磊落，」林折夏說：「你雖然沒用一個髒字，但就是罵我了。」

遲曜冷笑：「我是不是還得誇誇妳磊落的作風？」

「好說，」林折夏擺擺手，「我就是一個這麼坦蕩的人。」

說完，她蹲在遲曜家玄關處拆快遞，然後鄭重其事地從裡面拿出了……一團毛線。

除了毛線外，還有幾根很細的木針，以及一本小冊子，封面寫著「織圍巾教學」。

不能讓林荷發現自己在織圍巾，所以林折夏只能躲在遲曜家裡偷偷織。

起初她還興致勃勃地喊著：「我這個禮物不錯吧，實用又有新意，我簡直就是她的小棉襖，等我織好，暖她一整個冬天。」

這份熱情不超過三天就消散了，因為圍巾真的很、難、織。

她從小手作能力就很差，以前勞作課要交石膏作業，她努力一週最後還是求著遲曜幫她做完交上去。

更別提織圍巾這種細活。

她看教學影片裡，人家三兩下就能織完，而她的手像個失靈的機械臂，根本不聽使喚。

教學影片循環播放著：『起針……第一針正挑不織，將線放在右針上，右針將第二針從左針反挑到右針上……』

「……」

數學題好像都比這簡單。

林折夏聽完一遍，默默倒轉回去，重頭開始放：『起針……』

她坐在地毯上，腳邊全是毛線球。

遲曜躺在沙發上睡午覺，身上蓋的還是她的小毛毯。

少年身上那件黑色毛衣和她那條印有碎花圖案的小毛毯形成某種獨特的碰撞，突兀，又有些微妙的自然。

屋裡開著空調，暖氣很足。

沙發上的人在聽到第五遍「起針」這句臺詞之後，緩緩睜開了眼。

「林折夏。」

林折夏正被影片弄得頭大，沒工夫理他：「幹什麼？」

遲曜抬起一隻手，遮在眉眼處，有些不可思議地問：「妳還沒學會？」

林折夏沒好氣地回：「我才看第五遍，很難好不好。」

「很難嗎？」他說：「五遍，聽都聽會了。」

林折夏放下手裡的針線，看著他，學他用同樣的語氣反問：「你是沒睡醒嗎？」

「要是沒睡醒建議繼續睡，現在不是在夢裡，不要隨便裝會，會遭雷劈。」

遲曜抓了一把頭髮，然後坐起身。

他和林折夏一個坐在沙發上，另一個盤腿坐在地上。

林折夏仰著頭，這個視角將他的腿拉得更長，她目光上移，看見他削瘦的下顎，還有說話時輕微攢動的喉結。

少年聲音困倦：「針線給我。」

這是真打算裝會？

林折夏咬了咬牙。

根本不信他睡著覺，光聽就聽會了。

「你行你來，」她把手裡織得一團亂的毛線遞過去，「我看你怎麼織。」

遲曜接過那團毛線，把她織的部分全拆了。

把針線重新拆出來後，他手指勾著那根細細的針線，調整了一下手勢，然後幾根手指配合著隨意動了下，居然真的成功起了針。

他一邊織一邊摸索，中途有兩次不太熟練，退針重織後，很快織完了一排。

米色毛線規整有序地纏在上面，和教學影片裡展示的幾乎沒有差別。

遲曜眼皮微掀：「看到了嗎。」

「……」

半晌，林折夏不想承認，說：「看不見，我瞎了。」

聞言，遲曜手上動作停頓了一下。

然後他站起來，踩著拖鞋在她面前蹲下——以這人的身高，哪怕兩個人一起蹲著，視線也依然不能齊平，他把針線塞進她手裡：「拿著。」

遲曜這一蹲，林折夏的視線又落在這人敞開的衣領上了。

她愣愣地拿著針線，說：「然後呢？」

遲曜伸手，幫她調整姿勢：「然後我教妳，小瞎子。」

織圍巾這種事，自然只能手把手教。

少年的手指搭在她的手上，帶著她勾線。

遲曜的手指比她長，疊上去之後能完完全全覆蓋住她的，這比兩人之前任何一次接觸都更直接，且漫長。

在她出錯的時候，遲曜會用指尖輕輕叩一下她的指節。

「你們這種瞎子，眼睛看不見，其他地方應該比較靈敏，」他說：「自己記動作。」

林折夏說自己瞎了，完全是瞎扯。

但現在她真的有種自己也說不出的奇妙感覺。

和瞎子好像還真的有些類似。

因為她確實感覺到，眼睛裡看到的事物被逐漸略過，其他感受卻無限放大。

對方手上的溫度，他輕輕用力捏著她手指時細微的動作，甚至是清淺的呼吸。

林折夏手指越來越僵硬，連原本能記住的動作都忘了。

空氣彷彿停止流動。

她在凝滯的氣氛裡，有些無所適從。

直到遲曜發覺她一直勾錯針，停了下來。

林折夏捕捉住那能夠喘氣的瞬間，開口打破氣氛道：「你……你真的沒有偷偷學過嗎？」

遲曜不解地挑眉，似乎在問為什麼要偷偷學。

林折夏慢悠悠地說：「因為，你想在我面前，展現自己高超的織圍巾技術，以碾壓我為樂。」

聽完她的話，遲曜沉默了兩秒，然後他說：「是學過。」

「我從一歲起就在紡織廠織圍巾。」

「三歲開始就能每天織五十條，是廠裡的優秀員工。」

「這個答案怎麼樣，」遲曜說：「妳要是不滿意的話，我再換個。」

「……」

林折夏搖搖頭：「你不用換了，這個答案已經編得夠離譜了。」

遲曜垂眼，看著她手裡那團亂糟糟的線，忍無可忍說：「妳這織得……」一塌糊塗。

話還沒來得及說完，林折夏忽然站了起來。

「我、我織累了。」

她有些結巴地說：「今天就織到這裡，我回家了。」

林折夏從遲曜家出去的時候，外面天已經黑了，她為了掩蓋什麼似的，又站在門口和遲曜說了一通有的沒的廢話：「你記得幫我把針線藏好，別被人發現了，萬一何陽來你家，被他看到……雖然他也不會說出去，反正我就是不想讓他知道，誰知道都不行，你得藏好。」

沒等遲曜回答她，她轉身推開公寓門，跑回了家。

回到家之後，她去廚房拿了杯水壓壓驚。

一定是剛才靠太近了，不太習慣。

再怎麼說，遲曜也是個男孩子。

會尷尬也是正常的吧。

再好的兄弟，也是會尷尬的。

嗯。

尷、尬。

她一邊深呼吸一邊捧著水杯喝水。

捧著水杯，意外注意到洗手間的燈亮著，而且洗手間裡有輕微的動靜。

似乎是……有人在吐。

微弱的燈光，女人很輕的嘔吐聲，最後是一陣嘩嘩的水聲。

門鎖「啪嗒」解開。

林折夏對上林荷那張略顯疲憊的臉。

「媽，妳哪裡不舒服嗎？」她擔心地問。

「沒什麼，」林荷出來看到她有點意外，笑了笑說：「最近不知道吃了什麼東西，不消化，我吃點藥就好了。」

林荷以前又要上班，又要一個人帶著她，常常不按時吃飯，有段時間腸胃確實不好。

哪怕後來一直在養胃，也沒有明顯好轉。

林折夏沒多想，也順便倒了杯熱水給林荷，叮囑道：「那妳千萬要記得吃藥，要是還不舒服，明天我跟妳一起去醫院看看。」

林荷之後幾天都沒什麼異常反應。

林折夏又叮囑了幾次，然後繼續去遲曜家準備禮物。

只不過遲曜家的景象已經和前幾天全然不同了。

林折夏織了兩排，沒想到後面的步驟越來越難，還要勾花，她實在不會，於是果斷放棄，縮在沙發上，手裡抱著袋洋芋片，當起了監工：「你這兩排勾得不錯，以後說不定真的可以去紡織廠上班，繼續加油。」

遲曜身邊放著幾團毛線，手裡拿著針線，冷著臉：「妳休息夠了沒？」

林折夏：「還沒有，我可能還得休息一下，你先幫我織著。」

「要休息三天，妳手斷了？」

「……」

「內傷，」林折夏說：「確實需要休養。」

遲曜微微側頭：「這到底是誰要送出去的禮物？」

林折夏：「我。」

遲曜：「所以為什麼是我在織？」

林折夏小心翼翼回答：「……因為，能者多勞？」

「……」

「可我實在學不會，」林折夏怕他把針線扔過來，解釋說：「我也很想織的。而且我想過換禮物，但是現在時間也來不及了，快遞可能趕不上。」

而且……

遲曜的教法，她也沒勇氣嘗試第二次，潛意識裡帶著迴避的想法。

她趁遲曜還沒嚴詞拒絕前，從茶几上的作業簿裡撕下一張紙，在上面寫了兩行字，遞給他：「拿著，報酬。」

遲曜以為紙上會是「一百萬」這種字眼。

林折夏小時候沒少拿這種「支票」糊弄過他。

但他接過，發現上面寫的是「許願卡」。

下面一行字是：可以向我許一個心願。

這行字後面還有個括弧，殺人犯法的不行，強人所難的也不行。

他輕嗤一聲，還是把這張許願卡收了起來。

林折夏啃完洋芋片，翻看起手機，看到幾則同班女生傳給她的訊息。

同班女生：『妳在幹嘛呢？』

同班女生：『寒假作業有份試卷妳寫了嗎，我想跟妳對對答案。』

林折夏擦擦手，準備回：我在遲曜家看他織圍巾，試卷不在身邊。

這段話打到一半，她想了想，又把這句刪了。

遲曜在學校的人設是誰都不敢靠近的那種。

她說自己在看他織圍巾，對這位同學來說，好像挺驚悚的。

林折夏想著，抬頭去看遲曜。

這張臉確實很難和織圍巾三個字聯想在一起。

少年連織圍巾的樣子都很漫不經心，眉眼間藏著難掩的鋒芒，那雙掄過人、破過相也留過疤的手，此刻卻拿著針線。

她有點被燙到似的，收回眼，回過去一句：『我在朋友家，等我回去拍給你。』

剛回完訊息。

遲曜留意到她的視線：「別看了，反正再看也看不會。」

林折夏下意識反駁：「誰看了。」

「看的不是圍巾，」遲曜語調微頓，「那是在看我？」

林折夏像隻被踩中尾巴的貓：「你少自戀，你這張臉，我都看那麼多年了，早就不新鮮了。」

遲曜織完手上那排，把毛線放在旁邊打算休息一下，整個人沒骨頭似的往後靠，捏了捏手指骨節，說：「不好意思，忘了妳是個瞎子。」

「……」

「瞎子，有眼無珠也很正常。」

晚上十點多，遲曜家客廳開著盞燈，他低著頭，手邊攤著本《織圍巾教學》。

手上那條米白色圍巾已經織了大半，就剩下小半截。

旁邊的手機不斷震動。

徐庭：『打不打遊戲打不打遊戲？』

徐庭：『速度，就等你上線了。』

隔了十分鐘。

徐庭：『大哥。』

徐庭：『你的通訊軟體是擺設嗎，不回訊息的？』

遲曜嫌煩，勉強分出一隻手，在手機螢幕上點了兩下，在「是否封鎖該好友」的選項裡，選了「是」。

於是徐庭接著傳訊息時，看到自己的訊息前面忽然出現一個醒目的紅色驚嘆號。

徐庭震怒，直接甩了通電話過去：『你今天必須得給我個理由。』

遲曜的聲音一如既往地冷淡：「我的好友，不想要也可以不要。」

『所以這就是你——』此刻徐庭感覺自己像個怨婦：『封鎖我的理由？』

遲曜：「也有別的理由。」

徐庭問：『什麼？』

遲曜：「你太煩了。」

『……』

這理由，還不如剛才那個。

徐庭無語：『我就想問你打不打遊戲。』

遲曜：「不打。」

徐庭：『你都幾天沒上線了，你現在在家裡？』

遲曜：「不然呢。」

『那你不回我訊息，』徐庭控訴，不解地問，『你每天在家裡幹什麼呢？』

遲曜手機開的是擴音，他一條腿屈著，手上纏著毛線，腿邊攤著一本已經翻了大半的教學。

他低聲說：「……在幫某人織圍巾。還能幹什麼。」

徐庭聽不清：『某人，什麼？』

「你管不著，」遲曜懶得多說：「掛了。」

林折夏雖然拜託遲曜幫她織圍巾，但晚上睡前，仍輾轉難眠，多少有點過意不去。說是要送的禮物，可畢竟不是她親手織的。

離林荷的生日越來越近。

她想著後天就這樣送出去，似乎不太好。

睡前，她還是決定明天拿著存下的壓歲錢去商場看看有沒有別的適合的禮物。

第二天。

為了不讓林荷起疑，她準備吃完晚飯就溜出去。

以她對林荷的了解，收拾完廚房後，她會在房間裡休息一下，然而就在她小心翼翼將臥室門推開一道縫準備溜出去時——卻看見了走廊裡的林荷和魏平。

兩人站在洗手間門口，魏平正扶著林荷。

林荷依偎在他懷裡，一隻手掩著嘴。

魏平一手小心翼翼地扶著她，另一隻手拉上洗手間的門：「怎麼這幾天孕吐這麼嚴重？」

林荷：「最近吃點東西就吐，反應好像越來越大了。」

魏平扶著她往房間走：「我扶妳去床上躺著休息一下，要是還不舒服，我們下午就去醫院一趟。」

林荷卻沒太當回事：「用不著，沒多大事。我生夏夏那時，反應更大，現在還算好的。」說著，她聲音低下來，「比起這個，我最近一直在想，要怎麼和夏夏說我懷孕的事。」

聽到這裡，林折夏原本要推門的手頓住了。

林荷繼續說著：「上次我孕吐，被她撞見了，我不知道怎麼說。」

「總之一直還沒找到適合的機會。」

「也不知道她對這個孩子，會是什麼反應。」

「……」

林荷的聲音漸行漸遠，最後魏平帶著她回房，房間門關上，也把所有聲音都關了起來。

林折夏在門後站了很久。

她盯著那條透過門縫能看見的走廊，直到被她攥在手裡的手機震動了下，她才恍然間回神。

遲狗：『織好了。』

遲狗：『來拿東西。』

林折夏垂下眼。

半晌，回覆他：『等等吧，我現在有點事，不在家。』

回覆完，她帶上鑰匙避開林荷和魏平出了門。

但她沒去商場，也沒去遲曜家。

她也不知道要去哪，只是順著潛意識往外走。

傍晚天色昏暗，她在熙熙攘攘的街上走了一下，被凜冬寒風吹得渾身發冷，走到公園裡，在湖邊坐下，發現出來得匆忙，竟然沒穿羽絨外套。

她其實就是想出來透口氣。

林荷懷孕這件事來得突然，是件喜事，她也替林荷感到高興，但內心深處，那份一直藏在心裡的不安還是悄悄竄了出來。

他們這個重組後的家庭，各方面都很和諧，魏平哪都好，對她也很好，但這些年下來兩人的相處始終客套，一層沒辦法說的客套。

林折夏抬頭看了看暗沉的天空，今天倒是沒下雨，但她還是不可避免地想起小時候打雷的那天。

她在心裡對自己說：這只是一些突如其來的小情緒而已，散一下步就會過去了。

她怕林荷擔心，搓了搓凍紅的手指傳一則訊息給林荷：『媽，我同學過來找我，我陪她逛一下街。』

然後她切出去，點開和遲曜的聊天畫面。

遲曜傳了則訊息給她。

遲狗：『林少業務還挺繁忙。』

她沒回這句。

隔了幾分鐘，遲曜又傳過來一句：『超過十點就別來拿了，懶得幫妳開門。』

遲曜手指指節搭在手機側面的按鍵上。

螢幕到時間自動關上，他指節用力，手機螢幕又亮起來。

螢幕上顯示剛才的聊天紀錄，最後一行是林折夏回覆他的訊息。

一個字——『哦。』

何陽在他家打遊戲，手握遊戲手把喊：「我去，我剛才差點就通關了——這 BOSS 殘血。」

他說著，扔下手把，湊過去問：「你剛是不是在跟我夏哥聊天，根本沒注意我的遊戲動態。」

遲曜沒接他的話，只說：「不太對。」

何陽：「什麼不太對？」

遲曜晃了晃手機。

何陽順勢掃了聊天紀錄一眼：「哪不對了啊，這不是挺好的，聊天十分和諧，有問有答。」

遲曜沒再說話，他手指在螢幕上點了幾下，又傳過去三個字：『妳在哪？』

對面那人打字的速度慢吞吞的，輸入了大半分鐘，才回過來兩句：『不是說了嗎，在外面。』

『我同學來找我，我們現在在散步。』

何陽：「順便一說，你們聊天字真多，真羨慕，平時能不能也回回我的訊息？怎麼到我這，你們好像沒連網似的。」

何陽還在繼續絮叨，卻見遲曜突然間起身，穿上外套，拎著一個不知道裝著什麼的袋子往外走。

「有點事，」他說：「出去轉轉。」

何陽：「……什麼事？」

遲曜：「和你待在一起太久，出去換個地方呼吸。」

林折夏在湖邊坐了二十幾分鐘。

她剛調整好情緒，準備裝作什麼都沒聽到，走回家，然後等林荷找到適合的機會自己告訴她。

然而還沒等她從長椅上站起來，遠遠地看到湖邊豎立著的路燈下出現了一道熟悉的身影。

即使那人穿著冬季外套，也不顯臃腫，依舊透著這個年紀的男孩子獨有的削瘦。在路燈光的勾勒下，惹眼得過分。

「在跟同學，」遲曜穿過那片光線，走到她面前，嘴裡一個字一個字地往外蹦，「散、步？」

「……」

林折夏很少說謊，難得撒個謊，還被立刻抓包。

她有點心虛地說：「我同學，剛走。」

遲曜語氣很涼：「是嗎。」

「是的，剛才我們就坐在這裡暢談人生。」

為了增加可信度，她開始補充具體細節：「就是陳琳，你認識的，她最近都在補習，念書壓力太大。」

「編完了嗎？」

遲曜低著頭看她，面前這人身上只穿了件單薄且寬大的針織外套，是她在家裡常穿的一件。女孩子耳朵已經被凍得通紅，因為怕冷，兩隻手縮在袖子裡，顯得很可憐。

遲曜繼續說：「要不要再給妳幾分鐘時間，妳現在打通電話給陳琳。」

林折夏不解：「打電話幹嘛？」

「打電話對一下口供。」

「……」

林折夏沉默兩秒，小心翼翼地試探說：「如果你願意給我這個機會的話，也不是不行？」

遲曜看了她半晌。

林折夏以為他會生氣，但意外地，他什麼都沒說。

遲曜只是抬手把身上那件外套拉鍊拉了下來，然後那件沾著他體溫的黑色外套落在她身上，將她整個人裹住。

遲曜的外套對她來說大了好幾個尺寸。

他穿到膝蓋的外套，在她身上幾乎垂到腳踝。

她像個穿大人衣服的小孩，看起來異常笨拙。

套完外套之後，遲曜似乎還嫌不夠。

又把袋子裡那條織好的圍巾拿出來，在她脖子上繞了兩圈。

遲曜確實有點生氣，但生氣的點跟她想的好像不太一樣。

他鬆開手之後，皮笑肉不笑地說：「林折夏，妳腦子裡裝的都是水嗎。」

林折夏下半張臉被圍巾遮著，說話悶悶的：「我腦子裡裝的，都是聰明才智。」

「零下兩度穿成這樣，真聰明。」

「……」

林折夏：「其實，今天是個意外。」

「哦，」遲曜說：「出門的時候腦子意外被殭屍吃了。」

「……」

算了。

沒腦子就沒腦子吧。

她今天出門忘記穿外套這點，確實挺弱智的。

林折夏感受到自己身上的溫度一點點慢慢升了上來，寒意褪去，手指也不僵了：「你怎麼知道我在這？」

遲曜把外套扔給她之後，身上只剩一件毛衣，毛衣鬆垮的掛在他身上。

他在林折夏身側坐下，跟她並排坐在長椅上說：「妳心情不好的時候還能去哪。」

這個地方，是林折夏的祕密基地。

她從小只要心情不好，大到考試考砸，小到和他吵架沒吵贏，都愛來這。

林折夏動了動手指：「那你又是怎麼知道我心情不好？」

遲曜說：「那個『哦』。」

林折夏：「『哦』？」

遲曜把手機解鎖，找出和她的聊天畫面。

林折夏看了一眼，想起來了：「我回個哦不是很正常的事情，我偶爾也是會高冷一點的。」

「妳不會。」

遲曜用他那副常年不冷不熱的語調模仿她說話：「妳會說『我有鑰匙，我自己也能開，有本事你現在就換鎖』。」

林折夏張了張嘴，無法反駁，這確實是她會說的話。

「所以，」遲曜話鋒一轉，「怎麼了？」

林折夏裝聽不懂，避開他的視線：「……什麼怎麼。」

遲曜抬起一隻手，掌心按在她腦後，強行讓她面對自己：「我是說，妳今天怎麼了？」

四目相對，林折夏撞上那對淺色的瞳孔，她甚至能從裡面清晰看到自己的倒影。

「沒怎麼。」她起初還是堅持這樣說：「真沒怎麼。」

她說著鼻尖蹭在柔軟的圍巾上，忽然有點酸。

「就是突然有點不開心，現在已經……」已經好了。

最後兩個字在嘴裡卡了半拍，遲遲說不出來。

她眨了眨眼睛，發現自己居然想哭，再張口的時候，話裡帶著明顯的哽咽：

「我……」

好丟臉。

她竟然真的想哭。

一件本來以為微不足道的小事，一點不配傾訴的沒來由的小情緒，在被人認認真真問及的時候，好像有了可以難過的權利。

林折夏沒再繼續說下去。

她不想在遲曜面前哭，或者說，坦露自己內心的脆弱，本來就不是一件容易的事情。

遲曜似乎發現了這一點，他放下按著她後腦勺的手。

然後抬手把圍在她脖子上的圍巾扯了上去，罩住那雙看起來像被雨淋濕了的、小鹿似的眼睛。

「哭吧，」他鬆開手，「我看不見。」

林折夏眼前被圍巾遮住。

一下子什麼都看不見了，只剩一片模糊又柔軟的白色。

她鼻尖更酸了：「你真的看不見嗎？」

她看不見遲曜的臉，只能聽見他離自己很近的聲音：「妳裹成這樣，難道我有透視眼？」

「可我現在這樣，」她說著說著，一直在眼眶盤旋的眼淚終於落下來，「看起來好蠢。」

她本來就套著件過大的外套，現在腦袋又被圍巾整個裹住。

任誰看了都會覺得這是個神經病。

遲曜懶散的聲音又響起：「沒人知道是妳，丟臉的只會是我。」

「……」

好像很有道理。

眼淚落下之後，接下來的話就很容易說出口了。

她抽泣著說：「我媽……懷孕了。」

「她還沒告訴我，我不小心聽到的。」

「我也為她感到高興，其實在這之前，我就想過很多次了，」她說到這，中途哭著打了個嗝，「她、她和魏叔叔會有個自己的孩子，我會有個弟弟或者妹妹……但是這麼多年他們一直都沒有要孩子。」

「我之前會覺得，是不是我的問題，是不是他們考慮到我，所以沒要孩子，我是不是……成了他們的負擔。」

「所以我其實，真的很高興。」

林折夏說話時哽咽著，有時候說到一半，會停下來幾秒。

她吸了下鼻子後繼續說：「高興歸高興，但我好像，還是有點小氣。」

「他們真的有孩子了，我又覺得，我可能會變成一個外人。」

「我怕自己會被拋下，會覺得那個家，他們之間，可能才是最親近的人。」

她藏在圍巾下，看不到遲曜，也不知道他現在會是什麼表情，又或者，會用什麼眼神看待她。

是不是，也會覺得她小氣。

然而下一秒——

她感覺到自己頭頂，輕壓下來一股很輕的力量。

是遲曜的掌心。

他的掌心壓在她頭頂，像輕撫流浪貓狗似的。

「妳這不是小氣。」

她聽見遲曜的聲音說著：「是膽小。」

他聲音變得很輕，連嘲弄的意味都變得很輕：「還說自己不是膽小鬼。」

有些事，旁觀者看得更清楚。

而他還是一個對林折夏了解得不能再了解的旁觀者。

他早就知道她外表下的膽怯、恐懼和所有不安。

「是妳不敢真正接納他們，現在卻反過來覺得他們可能要拋棄妳了。妳不張開手去擁抱他們，怎麼會知道，自己不是他們最親近的人。」

這句話話音落下，林折夏忽然怔住。

遲曜又說：「之前去妳家，看到魏叔叔帶過幾次禮物給妳，妳有告訴過他，妳其實不喜歡粉色嗎？」

林折夏張張嘴：「我……」
她沒有。
她一直都很「乖巧」。
從不和魏平開玩笑，從不和他提要求。
一直以來，她扮演著一個「合格」的「女兒」，恪守著距離。
早期可能確實是生疏，而到了後期，就剩下不安在作祟。
因為她被拋下過。
怎麼也忘不掉的雷聲、哀求聲，還有記憶中，男人毅然決然離開的模糊身影。
遲曜說的其實沒錯，她就是膽小。
她總是沒安全感，所以一直都在逃避，自以為是地和別人劃開安全距離。
「我不知道，」她哭著說：「我不知道為什麼我不說。」
遲曜的手還搭在她頭上。
雖然他沒說一個字，輕輕壓在頭頂的力量彷彿給了她一丁點勇氣，於是她繼續說：
「可能，怕提要求會被人討厭，會被人拒絕。」
哭著哭著，她也不要什麼自尊心了。
最後她哭著承認：「我就是害怕，我、我就是膽小。」
把所有話說完，林折夏的抽泣聲漸漸止住，偶爾還會吸兩下鼻子。

隔了一下。

她聽見遲曜問她：「哭完了嗎？」

那顆被圍巾裹住的腦袋點了點頭。

「哭完我把圍巾拉下來了。」

那顆裹著圍巾的腦袋愣了下，又點了點頭。

圍巾被人拽下來，林折夏哭過後、明顯泛紅的眼睛露了出來，連鼻子都是紅的。

雖然很丟人，但是面前的人是遲曜。

在遲曜面前丟人，一直都不是一件不能接受的事情。

而且把心底的話說出來之後，有種說不出的輕鬆，好像這件事，沒有原先那麼難以面對了。

她紅著眼，不忘警告：「你不能把我今天哭了的事情說出去。」

遲曜：「妳賄賂我一下，我考慮考慮。」

林折夏瞪大眼，沒想到他居然這個時候趁火打劫：「你這個人，心好髒，我是不會和你同流合汙的。」

但過了一下，她又從袖子裡伸出兩根手指，輕輕扯了扯遲曜的毛衣下擺：「那個。」

「我剛才算了算，我存的零用錢大概有五百塊，夠嗎？」

「……」

「妳這是，」他低下頭，看著她伸出來的那兩根手指說：「打算和我同流合汙了？」

林折夏不說話。

遲曜扯了扯嘴角：「騙妳的。我沒那麼無聊，求我我都懶得說。」

聞言，林折夏說：「那打勾勾。」

她以為遲曜不會理她。

因為遲曜很少跟她打勾勾，覺得她這種行為特別幼稚。

但這次遲曜看著她的手，然後不情不願地彎了下手指，勾上她的，極其短暫地跟她的小拇指接觸了一秒。

打完勾勾，她看著遲曜裸露在寒冷空氣裡的鎖骨，以及那件看起來會漏風的毛衣，後知後覺：「你冷不冷，我把外套還給你吧。」

遲曜一副老子無所畏懼的樣子：「不冷，用不著。」

林折夏：「這個天氣，怎麼可能不冷。」

遲曜：「妳不覺得……」

林折夏：「？」

遲曜：「我這樣穿比較好看。」

「……」

「我就喜歡凹造型。」

好看是好看。

但，很有病。

天色徹底暗下來，湖邊也已經沒有多少行人。

林折夏提議：「很晚了，我們回去吧。」

兩人並肩往回走。

走到南巷街街牌處，遲曜停下來喊了她的名字。

「林折夏。」

聞言，林折夏側過頭。

她看見遲曜從那件看起來很單薄的牛仔褲口袋裡摸出來一張紙。

他用兩根手指夾著那張紙：「妳上次給我的這張破紙，還算數嗎？」

紙上是她寫過的字：許願卡。

「如果算數的話，」他手指微微彎曲了下，「膽小鬼，我要許願了。」

「我的願望是——妳現在就回家，然後告訴魏叔叔，妳其實不喜歡粉色。」

他又說：「去張開雙手試試。」

林折夏愣愣地接過那張紙。

這個願望是她沒有想過的。

在她那天開玩笑似的，寫許願卡給遲曜之前，她以為這張許願卡最終會被遲曜拿來使喚或是作弄她。

林折夏推開門進屋的時候，林荷正在客廳看電視。

女人頭髮溫婉地盤在腦後，轉頭喊：「夏夏，回來了？」

她隨即又皺起眉：「妳怎麼穿成這樣出去，外套呢，今天外面那麼冷。」

林折夏：「我出門太急，忘了。」

林荷很生氣：「妳怎麼不把妳自己忘在外面，還知道回家。」

林折夏編了個藉口，解釋：「我和同學一出去就找了家咖啡廳坐下，所以一點都不冷，真的。」

林荷起初不信，但她去握林折夏的手，發現她的手確實是暖的。

「下次注意，」林荷只能壓下嘴邊的數落，「長點心，別做什麼事之前都不過腦子。」

林折夏「喔」了一聲。

林荷又看了她一眼，問：「妳眼睛怎麼這麼紅？」

林折夏說：「被風吹的吧，外面風太大了。」

這時，魏平從廚房走出來。

他手裡捧了杯剛泡的熱水，把熱水放在林折夏面前：「那個……喝點熱水，暖暖身子。」

這句話之後，客廳裡便安靜下來，只剩下電視聲。

電視裡在播新聞，說今天夜裡氣溫驟降，可能會下雪。

林折夏看著茶几上冒著熱氣的玻璃杯，手縮在寬大的袖子裡，緊緊捏著剛才遲曜遞還給她的紙條，試圖鼓起勇氣找魏平說話。

可是周遭空氣太安靜，她有點不敢開口。

她攥著紙，回想到臨別時遲曜的那句話。

——「膽小鬼。」

——「去張開雙手試試。」

魏平坐在林折夏對面，正想問她「怎麼不喝水」，忽然聽見她叫了自己一聲。

「魏叔叔。」

魏平應道：「哎？怎麼了？」

林折夏手指緊繃著，不太自然地說：「我、其實，我早就想跟你說了，其實我不喜歡粉色，如果你要帶禮物給我的話，能不能不要買那種粉色的玩偶。」

魏平先是一愣，就連旁邊的林荷也愣住了。

繼而他有些如釋重負地、愉快地笑了：「好，叔叔知道了，那妳喜歡什麼，叔叔記錄一下。」

林折夏緊繃的手鬆開了點：「你現在要我說，我一下也想不起來。」

「反正，我是一個性格很剛硬的女孩子。」

「好，」魏平點點頭，「剛硬。」

「……」

魏平又問：「那玩具槍妳喜歡嗎，叔叔小時候就喜歡這種剛硬的玩具。」

林折夏：「那個也有點太剛硬了，不太適合。」

他們重組成這個家那麼多年，這是她第一次，以毫無防備的心態，和魏平聊天。

聊天內容稀鬆平常，並沒有任何特別之處，但林折夏很清楚，稀鬆平常的表象下，有什麼東西悄然改變了。

就像是一個很想打開門，和門外的人交流的小女孩，終於第一次打開了那扇門。

在打開門之前，小女孩以為外面會有諸多危險。

但是開門後，發現其實她一直在被外面的世界所擁抱著。

哪怕開啟這扇門的鑰匙，僅僅只是一句「我其實不喜歡粉紅色」。

這天晚上氣氛太好，林荷輕咳了一聲說：「夏夏，我也有件事想說……我懷孕了。」

林荷解釋說：「剛得知不久，之前就想說的，但這個孩子實在是來得太意外了。我和妳魏叔叔沒有計劃過生孩子，也一直在做避孕措施。」

這麼多年，他們也確實從沒有跟她提過孩子。

「沒跟妳說的主要原因，是我們也沒想好到底要不要這孩子。」

魏平接話道：「這件事肯定是需要慎重考慮的，還要考慮到妳的想法，一個家庭裡多個孩子，不是那麼隨意的事情。而且醫生也建議我們慎重考慮，妳媽媽年紀大了，現在這個年紀生孩子是件很傷身體的事，很容易有風險。」

晚上風很大，這個冬天很冷，但林折夏感覺自己周遭的寒冷都被驅散了。

最後她聽見自己說：「如果能生的話，那我希望是妹妹，這樣我還可以幫她綁辮子。」

林荷懷著孕，需要早睡。

幾人聊了一陣，各自回房休息。

林折夏洗漱後躺在床上，抱著被子在床上滾了兩圈。

然後她拿起手機，傳了則訊息給遲曜彙報情況。

『我，林少，向來是個說到做到的人。』

『你許的願望，我已經完成了。』

『（嘴裡叼著玫瑰花出現.jpg）。』

『（酷酷墨鏡.jpg）。』

她傳完這幾則訊息後，想到了一件事，又從床上爬起來。

回家前，她把外套脫下來還給遲曜，但是圍巾還戴在脖子上。

只是林荷光顧著注意她沒穿外套，沒有注意到圍巾。

這條圍巾此刻正靜靜躺在書桌上。

她拿著圍巾，眼前閃過很多畫面。

有她在遲曜家求他幫忙織圍巾的畫面，也有剛才在湖邊，她躲在圍巾裡哭的畫面。

圍巾很軟，是那個看起來對誰都愛理不理的少年一針一線鉤織出來的。

她忽然不想把這條圍巾送出去了。

「反正，本來也打算換禮物的，」她小聲對自己說：「而且也不是我自己織的，送出去也不好，我還戴過了，還沾了眼淚，所以……我偷偷留著，也不算過分吧。」

她把圍巾疊起來，鄭重地放進了衣櫃裡。

然後她又把那張皺巴巴的許願紙仔細壓平，夾進了一本她最喜歡的童話書裡。

等她再躺回被子裡，才看到遲曜回過來的訊息。

訊息有兩則。

『林少還算誠實守信。』

另一則。

『早點睡，膽小鬼。』

第七章 哥哥

林折夏這天晚上做了一個夢。

她夢到自己變成了一隻生活在森林裡的小兔子，小兔子從床上醒過來，推開門，發現門口長滿了胡蘿蔔。

夢裡甚至還有一把荷葉傘，只不過，那天森林裡沒有下雨。

她很高興，背上籃筐，準備把這些蘿蔔都拔回家。

然而這時候出現了一隻很欠扁的狗，那隻狗倚在她家門口，下巴微抬：「妳力氣這麼小，拔不動，求求我，妳求我我考慮一下要不要幫妳。」

「……」

林折夏在夢裡撩起袖子：「誰要求你？」

「我力氣大得很。」

然後她在拔蘿蔔的時候，拔不動，狠狠摔了屁股。

林折夏睡醒，覺得這個夢著實離譜。

離譜之餘，又覺得很熟悉。

她想了半天，想起來這很像之前遲曜跟她講過的那個睡前故事。

說起來當初那個睡前故事的結局是什麼？

於是她睡醒，第一時間傳訊息給遲曜。

『遲曜遲曜。』

『小兔子拔蘿蔔的故事，最後怎麼樣了？』

『是我失憶了嗎，我怎麼不記得結局？』

對面應該還在睡覺，沒回覆她。

林折夏也不在意，今天是林荷的生日，家裡安排了聚餐，一天都會很忙，她把手機放一邊，起床洗漱。

由於昨天的突發情況，她沒時間買生日禮物給林荷。

思來想去，最後還是坐在書桌前，認認真真寫了張生日賀卡給林荷。

全世界最最最美麗的，我最最最親愛的媽媽。

生日快樂。

許願妳平安，健康，幸福快樂。

Ps：林荷大美女，妳今年長大一歲，就是十八歲啦。

賀卡上，她用彩色筆簡單畫了一幅卡通畫，畫上有她，戴著眼鏡穿條紋襯衫的魏平，穿裙子盤起頭髮的林荷。還有南巷街的街牌。還畫了多年前魏平開的那輛老舊小汽車。

這是他們第一天搬來南巷街的模樣。
準備好賀卡後，她去餐廳吃早餐。
早餐是魏平準備的，一碗米粥，幾碟小菜。
「多吃點，」林荷習慣性夾菜給林折夏，「看妳瘦的。」
林折夏：「我這叫苗條。」
林荷：「妳這叫竹竿還差不多。」
林折夏看著碗裡夾過來的菜：「……我不愛吃黃瓜丁。」
林荷：「我知道妳不愛吃，我故意的。」
「……」
林折夏夾著黃瓜丁，趁著林荷不注意，塞進了魏平的碗裡。
「噓，」她豎起一根手指，「快點吃，吃慢了會被她發現。」
魏平微愣，然後手上動作很快，立刻把黃瓜丁吞了下去。
兩個人彷彿一夜之間成了親密無間的戰友。
隔了一下，林折夏又低聲問：「你有什麼不愛吃的嗎，我也可以幫你吃。」
魏平小聲回答：「叔叔不挑食……」
林荷注意到他們這邊的動靜，忽然抬眼。
兩人幾乎同時端起碗，悶頭吃飯，裝作無事發生的樣子。

林荷今天化了妝，特地捲了頭髮，收到賀卡的時候眼睛紅了下，忍半天才忍住沒流淚。

生日這天他們邀請了不少親戚來家裡吃飯。

林折夏在廚房幫忙，又是端茶倒水又是遞瓜子的，還得陪著親戚帶來的小孩玩。

中途休息，才有空看手機。

遲曜兩小時前回覆了她。

遲狗：『結局是兔子沒找到蘿蔔。』

遲狗：『回去的路上遇到狼，被狼一口吞了。』

林折夏：『……』

睡前故事怎麼可能會這麼陰暗。

她用力戳手機螢幕，打字回覆：『果然什麼樣的人講什麼樣的故事。』

遲狗：『什麼樣的人聽什麼樣的故事。』

林折夏翻遍貼圖，找了一組最具有殺傷力的狂扁小人傳了過去。

兩人吵完一架後。

遲曜最後傳來一句：『幫我跟荷姨說聲生日快樂。』

林折夏：『（OK.jpg）。』

忙碌的一天持續到晚上八點多才結束。

人陸陸續續走得差不多了，聚餐最後，還有人幫他們一家拍了張生日合照。

往常林折夏會在合照的時候往旁邊稍稍避開些，但這次，她猶豫了下，然後在對面按下快門的前一秒，主動挽住了魏平的手臂，另一隻手略顯僵硬地比了個「耶」。

「媽，」林折夏在收拾桌子的時候問：「我能帶塊蛋糕給遲曜嗎？」

林荷笑了笑：「當然可以啊，剩下的妳都拿過去給他吧。」

林折夏應道：「那我收拾好就送過去給他。」

林荷想得比較細：「還有何陽他們，也送送，今天蛋糕買多了，吃不完也是浪費。」

「何陽啊，」林折夏對何陽表現出明顯的差別對待：「讓他自己來拿吧。」

林荷輕聲數落：「……怎麼能讓人家來拿呢。」

林折夏：「他有手有腳的，自己來拿個蛋糕怎麼了，你放心，我只要現在傳個訊息給他，他五分鐘內肯定趕到，來的速度比狗都快。」

林荷：「……」

果然。

她說了之後，何陽激動地回一則語音訊息過來：『夏哥，等著我。我立刻、馬上拿出我在學校跑五百公尺的速度趕過來。』

她點開第二則語音訊息的時候，何陽說話已經開始喘氣，應該是在路上了。

『都剩下些什麼口味的蛋糕？我、我喜歡吃巧克力味的，欸，要不要我去曜哥家，順便把他也叫上？』

林折夏回覆他說：『……不用了。』

何陽回：『為什麼不用？』

『因為我，』林折夏拎著打包好的蛋糕出了門，按著語音鍵說：『正在送蛋糕給他的路上。』

遲曜其實不是很喜歡吃甜點，所以她特地挑了一塊不那麼甜的口味。主要是，想讓他也沾沾今天的喜氣。

然而林折夏拎著蛋糕在遲曜家門口按了半天門鈴，門裡都沒什麼反應。

她把蛋糕放在門口，蹲下身，傳訊息給遲曜。

『你不在家？』

『你居然不在家？？』

『你去哪鬼混了？』

『你出去玩，不、帶、上、我。』

最後一句剛傳送出去，門鎖響起「啠噠」一聲。

林折夏蹲著，順著打開的門縫仰起頭，看到站在門口的遲曜。

準確的說，是有點病懨的遲曜。

他整個人狀態和平時不太一樣，本就過白的膚色看起來更加蒼白，透出一種莫名的懨氣。即使身上穿著毛衣，仍給人這個人現在似乎很冷的錯覺。

眉眼垂著，格外漫不經心。

不過少年那副近乎「傲慢」的氣質卻絲毫不減：「妳那把鑰匙是擺設嗎，下次自己開門進來。」

「……」

這個人說話還是一如既往地遭人嫌。

不過其實她在敲遲曜家門之前，多少還是有點不自在。

這份不自在，可能是因為昨天在他面前哭了。

也可能是因為，昨天的遲曜太過溫柔。

但今天出現在她面前的遲曜又是平時她最熟悉的那樣，因為這份「遭人嫌」的熟悉態度，那點不自在忽地消失了。

林折夏義正辭嚴：「我這叫講禮貌。」

說完，她注意到他說話聲音很啞，又問：「你生病了？」

遲曜「嗯」了一聲：「有點發燒。」

她拿著蛋糕跟在他後面進屋：「幾度啊，嚴重嗎？」

「沒量。」

「發燒不量體溫，那你今天都在幹什麼？」

「睡覺，」他說：「剛被妳吵醒。」

「……」

林折夏沒說話，放下東西就去翻他家的醫藥箱。

他家什麼東西放在什麼位置，她都一清二楚。

雖然這人這些年很少生病，沒什麼機會用藥，醫藥箱已經很久沒派上用場了，好在裡面的藥品還沒過期。

她找出電子溫度計：「你坐著，先量體溫。」

遲曜對這種小病根本不放在心上：「用不著，睡一覺就行。」

「這種時候，還是別逞強了吧。我昨天就說了，讓你別裝。」

林折夏想到昨天，表情變得有些無語：「還非得凹造型。」

遲曜在一些奇怪的地方，意外地要面子。

他啞著聲堅持：「跟昨天沒關係。」

林折夏：「哦。」

遲曜側過頭：「哦？」

「『哦』的意思就是，」林折夏解釋說：「不想理你，但還是得敷衍一下。」

「……」

最後體溫測出來偏高，但不嚴重。

林折夏看了體溫計一下，說：「還可以，這個溫度，應該不會燒壞腦子。」

「妳還是多擔心自己，」遲曜哪怕嗓子啞了，說話費力，也不忘嘲諷她，「妳那腦子，不用燒都不太好用。」

冷靜一點，林折夏。

他現在是個病人。

現在半死不活的，也只能嘴硬了。

而且他發燒多少也是因為昨天把外套借給她。

所以，要盡可能對他，寬容一點。

林折夏深呼吸後去廚房倒了杯熱水，一手拿著水杯，一手拿著退燒藥：「少爺，請。」

「水溫剛好，既不會太熱，燙到您尊貴的嘴，也不會太涼，讓您感到不適。」

遲曜被她按著坐在沙發上。

也許是因為生病，所以坐沒坐相，比起「坐」，他更像是屈著長腿很勉強地縮在沙發裡，少爺般地伸手接過水：「雖然用不著，但也不是不能給妳個面子。」

林折夏在心裡翻個白眼：「謝謝，小的感激不盡。」

遲曜喝完水後，很自然地把玻璃杯遞還給她：「有點燙，下次注意。」

「……」

林折夏：「你別蹬……」鼻子上臉。

遲曜懨懨的眼神掃過來。

林折夏立刻改口：「我是說，別等下次，我現在就能倒第二杯水給您。」

她拿著水杯去廚房，轉身的時候，嘴裡忍不住嘀咕：「生個病，這麼難伺候。」

身後，遲曜沙啞的聲音響起：「提醒一下，我是發燒，不是失聰。」

熱水不夠，她燒了一壺，在廚房等水燒開，倒完水出去的時候，遲曜已經在沙發上等得快睡著了。

他今天穿得很居家，淺色毛衣，加上寬鬆的灰色休閒褲。

棉質褲管寬大得很。

平時林折夏看到這種褲子，第一反應就是斷定它一定會顯腿粗。然而穿在他身上並沒有，反倒因為過分鬆垮，勾勒出了腿部線條。

見她出來，他勉強睜開眼，打了個哈欠。

等他喝完水，林折夏問：「現在幾點了？」

遲曜不是很在意地、隨手按了下手機。

手機解鎖後顯示的不是主頁上的時間，而是剛才還沒切出去的聊天畫面。

她掃了一眼。

這一眼，掃到了聊天畫面上面的備註。

膽小鬼。

「…………」

「你等等，」林折夏出聲，阻止他滑動畫面，「你以前沒有備註的。」

遲曜沒什麼精神地表示：「昨晚剛換的，滿意嗎？」

林折夏：「我滿意個頭。」

「你最好給我換了，」她又說：「不然我以後都不傳訊息給你了。」

遲曜眉尾微挑，難得打起三兩分精神：「還有這種好事。」

「正好，省得我嫌煩，還得手動封鎖妳。」

「……」

林折夏咬牙：「反正你給我換掉，換個別的。」

遲曜：「比如？」

林折夏隨便想了一個：「比如，林大膽什麼的。」

遲曜：「哦。」

林折夏：「你哦是什麼意思。」

遲曜照搬她先前的回覆，說：「不想理妳，但還是得敷衍一下。」

遲曜的手機就在她面前，她眨了眨眼睛，心裡竄出來某個念頭，然後趁遲曜不注意，伸手去搶他手裡的手機。

然而這一下沒能搶到，反而給了遲曜時間，把手機舉高到她搆不到的地方。

林折夏有點急眼：「你把手機給我。」

遲曜：「自己來拿。」

林折夏身高有限，隔著沙發，就算跳起來也不太方便。

她踮起腳尖，伸手想去拿，卻沒控制住平衡，控制不住地往前栽倒。

「……」

她眼前一黑。

鼻子不知道撞在什麼地方，狠狠地磕了一下。

隨即而來的觸感，是身下又軟又硬的觸覺。

軟的是遲曜身上的毛衣。

但他身上卻一點都不軟，男孩子骨頭硬得很，身上沒什麼肉。

他的肩膀是硬的，手抵著的胸膛也是硬的。這人看起來很瘦，現在還生著病，卻一點也不羸弱，甚至，他的腰腹似乎有一層清淺腹肌。

林折夏愣了一瞬，抬起頭，看到近在咫尺的遲曜骨骼明顯的脖頸，以及側著的臉。

少年額前墨黑色的碎髮垂下，因為生病，眉眼看起來無精打采的。

半晌，他看著她問：「林折夏，妳還要趴多久？」

話音還未落，他又拖著尾音說了一句：「妳這是……打算賴在我身上不起來了？」

林折夏撐著沙發旁邊的扶手站起來，還沒完全站穩就急忙往後退。

鼻梁還在隱隱作痛。

除了痛以外，她似乎隱隱聞到一點洗衣粉的味道，和遲曜打架那天在巷子外聞到的味道一樣。

她徹底站定後解釋說：「……我剛才沒站穩。」

「而且誰想賴在你身上。你這個人，狗都不想賴。」

經過剛才這一下，她對改備註也沒什麼想法了。

她又緩慢地憋出一句：「不改就不改。我大人不記小人過，放你一馬。」

遲曜卻沒打算略過備註這個話題。

他看著她，伸展了一下剛才被她壓到的手，說：「妳手機拿過來。」

林折夏：「？」

遲曜又說：「看看備註。」

「……」

林折夏緩緩張開嘴，想說點什麼，又說不出來。

因為她給他的備註好像更見不得人。

「都說了，」林折夏開始心虛，她捏著手機，悄悄把手機藏在身後，「我不跟你計較了，你怎麼還咬著不放。」

遲曜問：「妳給我備註的是什麼？」

林折夏脫口而出：「遲曜大帥哥。」

遲曜明顯不信。

林折夏強調：「真的，你對自己的顏值應該要自信一點。」

遲曜雖然不信，也懶得繼續和她計較，他屈腿坐著，手抵著下巴，吃了藥後有點犯睏。

「我很自信，妳可以退下了。」

林折夏抓準時機開溜：「你明天早上睡醒之後再量下體溫，看看體溫有沒有降下來，蛋糕在冰箱，你記得吃。」

走到門口，她又想起來一件事。

「還有，昨天的事，」她頓了頓說：「謝謝。」

她很少和遲曜那麼客氣地道謝。更多時候，都是遲曜幫了她，她還得了便宜賣乖，然後兩個人繼續吵來吵去，吵到最後兩人都忘了是為什麼而吵架，最後不了了之。

但昨天的事對她來說不一樣。

她是真的，非常感謝昨天的那個遲曜。

林折夏回去之後開始認認真真補作業。

除了小時候那段愛打架的「叛逆」時期，她性格其實很乖巧，比如說今天該做完的作業，她不太喜歡拖到第二天。

然而一份英語試卷沒做幾題，她發現自己很難集中注意力。

因為她忍不住會想起剛才的畫面。

剛才靠得很近。

她無意間瞥見，遲曜脖子上、靠近耳後的地方，似乎有顆很淡的痣。

不是。

他有痣關她什麼事啊。

她為什麼要為了一顆痣在這裡走神。

好煩。

她放下筆。

她又對著試卷看了一下，最後放棄掙扎，決定滑一下手機。

結果剛好接到陳琳打來的電話。

陳琳上來就問：『妳作業寫完沒？』

林折夏很懂地接下去說：「……寫完借妳抄抄？」

『嘿嘿，』陳琳說：『隔壁桌沒白當，很了解我。』

她又說：『我知道妳肯定寫完了。』

林折夏趴在桌上說：「我沒寫完，妳去問唐書萱吧。」

陳琳：『妳居然沒寫？』

林折夏：「今天我媽生日，然後我又去給遲……」她說到這裡，下意識略過這段，「總之就是，我今天忙了一天，剛準備寫。」

陳琳：『噢，那好吧。唐書萱肯定指望不上，看來我今天得親自寫作業了。』

說完，陳琳就要掛電話。

林折夏突然說：「等一下。」

陳琳掛電話的手一頓：『啊？』

林折夏有點猶豫：「就是，我有個朋友。」

「我有件事想問問妳。」

她捏著筆，繼續說：「我這個朋友，有另外一個很好的朋友，是個男生，但是最近她好像覺得和這個男生之間，變得有點奇怪。」

陳琳直接問：『妳和遲曜怎麼奇怪了？』

林折夏差點把筆捏斷：「……」

林折夏：「妳、重、新、說。」

陳琳：『咳，我重新說，妳那個朋友，和她的朋友，怎麼奇怪了？』

「他們就是，有時候靠太近的時候，會開始有點不自在。」

陳琳豎著耳朵，以為自己能聽到什麼驚天八卦，等半天就等來這個：『就這樣？』

林折夏：「就這樣？這還不夠嗎，我和遲曜……不是，我那個朋友和她的朋友，以前就是穿同一件褲子都不會覺得不自在。」

陳琳沉默了。

沉默後，她問：『妳這個以前，是多久以前？』

林折夏：「八歲吧，我搶他褲子穿。」

『……』陳琳又沉默了。

林折夏：「還有十歲的時候，我幫他綁辮子，他生氣了好久。」

林折夏：「還有……」

陳琳：『停，打住。』

林折夏：「？」

『林折夏同學，妳已經不是八歲了，也不是十歲。妳現在，十六歲了。』

陳琳長嘆一口氣，『妳那不是變奇怪，是妳長大了，總算意識到遲曜是、個、男、生，是個不能搶他褲子穿的男生了，懂嗎？』

林折夏：「……」

半晌。

林折夏說：「我懂了。」

其實她之前也有隱約意識到這一點，只是沒有陳琳看得那麼清楚。

自從她看到那個新的遲曜之後，她就發現自己似乎不能在他面前，那麼隨心所欲地做很多兒時做的事了。

「不是，」她又飛快地補上一句，「我那個朋友，大概是懂了。」

遲曜發燒沒什麼大礙，睡了一覺體溫就正常了。

林折夏不信，又按著他量了次體溫。

遲曜恢復往日那副漫不經心，又有些倨傲的樣子：「都說了沒事。」

林折夏：「可能是因為你昨天吃藥了。」

遲曜：「我不吃也沒事。」

林折夏：「……」

這個人在一些地方就是很要面子。

最後她對著體溫計，不得不承認，這人恢復得確實很快。

寒假中途，林荷又去醫院做了一次產檢。

產檢結果並不樂觀。

「妳現在這個年紀，生孩子風險會很大，」林折夏陪林荷一起去醫院，醫生拿著檢查結果說：「我不能做出什麼承諾，還是上次跟你們說過的那句話，考慮清楚。」

林荷坐在外面，有些失神：「媽媽現在也很糾結，理智告訴我不該生這個孩子，其實我和妳魏叔叔來之前都決定好了，可是……」

林折夏能理解這種感受。

這段時間她已經習慣了林荷懷孕這件事，她一想到可能會有的弟弟妹妹如果沒了，心裡都會有點空落落的，更何況是林荷本人。

她忽然間發現，她看到的是林荷的脆弱。

或者說，長大後她才漸漸發現「大人」不是小時候以為的超人。

生活裡有很多接踵而至的意外，就是大人也無法抵擋。

「媽，」她去握林荷的手，「妳別難過，我們回去再好好想一想，不管妳做什麼決定我和魏叔叔都會陪在妳身邊的。」

林荷回過神，回握了她的手。

最後他們還是聽取了醫生建議，以林荷的身體為主，不敢冒太大風險。

由於懷孕週期剛好合適，所以手術安排得很快。

當天魏平準備了很多住院的東西，林折夏陪著一起去。

因為她太擔心手術會不會有什麼問題，去之前遲曜傳了很多很多訊息，於是遲曜也跟著來了醫院。

記憶裡的這天好像很漫長。

長長的醫院長廊，消散不去的消毒水味，醫生穿著醫師袍進出。還有魏平不斷來回踱步的背影。

這一切就像是一部無聲的默片，被不斷重複拉長。

林折夏對這天最後的印象，是她控制不住緊張，掐住了遲曜的手。

等手術順利結束，她反應過來才發現她已經掐了很久。

她猛地把手鬆開。

「妳這是一隻手掐夠了，」遲曜看著她說話，一下將她從那部漫長無止境的默片裡拉了出來，「準備換隻手？」

「……可以嗎？」林折夏問。

遲曜抽回手說：「妳想得倒是挺好。」

林荷手術進行得很順利。

之後魏平叫她去病房，她手忙腳亂收拾了一陣東西。

遲曜不知道是什麼時候走的，只是她收拾完東西後，後知後覺地反應過來，她人生中大大小小的事情，似乎都有他參與。

寒假假期短暫，林荷出院後，很快迎來春節。

原本光禿禿的道路彷彿一夜之間更改了面貌，街上到處張燈結綵，掛滿了紅色燈籠。

這天晚飯後，林折夏拉著遲曜去街上閒逛。

「昨天這條街上還什麼都沒有，」她穿了件很厚的棉襖，遠遠看過去像團會移動的白色的球，「今天一下掛了這麼多。」

遲曜慢悠悠跟在後面，說了一句：「不知道的還以為妳活在北極。」

白色的球停下了，說：「我跟某個喜歡凹造型，大冬天還穿超薄牛仔褲打死不穿保暖褲的人，確實不一樣。」

遲曜沒理她，徑直往前走。

林折夏追上去，問：「馬上過年了，叔叔阿姨回來嗎？」

「不知道。」遲曜說。

林折夏：「你沒問他們啊？」

遲曜一副無所謂的態度：「懶得問。」

林折夏小聲叨叨：「他們在外面做生意也太忙了，去年也沒回來，起碼趕回來看一眼吧。」

遲曜父母常年不在家。

家庭和事業，似乎是一件讓大人很難兼顧的事情。

她對遲父遲母的印象其實也不深，更算不上熟悉。

唯一和他們交流最多的一次還是因為吵架。

那是很多年前了。

小時候她不懂事，脾氣也不如現在。

她看著遲曜每次生病，總是一個人住院，身邊沒有親人，只有請來的一位看護阿姨陪著，不只一次想過：他爸媽為什麼不來看看他。

某天難得遇上遲曜父母回家，她怒氣衝衝地跑去南巷街街口堵人。

遲曜父母只是路過，回來取東西。

車臨時停靠在南巷街街口，兩人取完東西正準備上車，街口突然衝出來一個小女孩，小女孩堵著車門：「遲曜上個月住院了，你們知道嗎。」

「你們為什麼不來看看他？」

「一個人住院，」年幼的林折夏說：「是很孤單的。」

她說話時努力板著臉，在大人面前撐場面：「他雖然嘴上不說，但一個人在醫院的時候，肯定很希望見到你們。」

這件事最後的結果，是被聞聲趕來的林荷拖回了家。

林荷先是連連道歉：「不好意思，孩子還小。」

等回到家，關起門來，林荷認認真真地教育她：「不管怎麼樣，這終究是別人家的事情，妳怎麼能去人家父母面前這樣說。做事要有分寸，別這麼冒失。」

後來長大些，林折夏漸漸懂了林荷當初說的話，大人的世界需要分寸。

她再也不會像小時候那樣衝過去直接質問，見到遲曜父母也會客客氣氣打聲招呼。

林折夏想到這些，有點幼稚地在心裡想：不管是小時候，還是現在，她依舊覺得遲曜父母這樣做很不對。

兩人順著熱鬧的長街一路往前走。

這條街很長，紅色燈籠喜慶地一路延伸至街尾，街燈拉長了兩人的倒影。

林折夏個子矮，步伐其實很慢，但遲曜始終都保持著和她差不多的速度。

林折夏走到半路，轉了個身，跟遲曜面對面。

遲曜看著林折夏站在大紅色燈籠底下，笑咪咪地彎著眼說：「他們不回來也沒關係，反正我會陪著你的。」

女孩子清脆的聲音混在周遭這片喧雜裡。

「你過年來我家，我們又可以一起守歲了。」

遲曜垂著眼，半晌，想回她「妳每次不到十點就睡得跟豬一樣，還守歲」，話到嘴邊，一個字也沒說出來。

他最後別開眼，從喉嚨裡應了一聲。

林折夏倒著走路，沒有注意到旁邊騎著兒童車橫衝直撞經過的小孩。

在她聽見兒童車「叮鈴鈴」的聲音之前，遲曜一把拽著她的手臂，將她拽向自己——

與此同時，街上有人在點炮竹為春節預熱。

在劈里啪啦的炮竹聲裡，她清楚聽到遲曜說的四個字。

「白痴，看路。」

林折夏被拽得猝不及防。

等她站穩，那輛兒童車從她身側晃晃悠悠開過去。

林折夏：「你才白痴。」

遲曜：「妳對這個詞有意見嗎？」

林折夏正要說「誰會滿意白痴啊」，就聽遲曜鬆開手時，又略帶嘲弄地說：「那，笨蛋？」

「……」

「我不想散步了，」她轉過身往回走，「正常散步是延年益壽，跟你出來散步是折壽。」

春節前夕，林折夏被林荷拉出去置辦年貨，買了一堆東西回來。

林荷現在得繼續養身體，主要負責躺在沙發上使喚他們：「妳和妳魏叔叔，把春聯貼到門上，然後那堆東西放廚房，新衣服放房間。」

「還有，」林荷指指點點，「這地也該拖了。」

林折夏忙活半天，在貼春聯的時候偷了一下懶。

她把春聯交給魏平：「魏叔叔，我其實一直都覺得你個子很高。」

魏平心領神會：「行了，妳去休息吧，我來。」

聞言，她把手裡的春聯分了一大半給魏平，剩下三張仍拿在手裡。

魏平問：「妳手裡這疊不貼？」

林折夏說：「祕密。」

「那妳偷偷告訴叔叔，叔叔保證不說出去。」

「告訴你了，」林折夏搖搖頭，「就不是祕密了。」

魏平沒問到，也不介意，笑笑說：「行，我們夏夏現在還有小祕密了。」

其實也不是什麼祕密。

林折夏拿著手裡的春聯想，她就是打算等等去遲曜家門口幫他貼上。

哪怕遲曜嘴上不說，且總是愛誰誰的態度，但春節這麼熱鬧的日子，家裡只有他一個人，多少還是有些淒涼。

她想給遲曜一個驚喜。

特地挑了晚上睡前偷偷溜出去，仔仔細細把三張紅彤彤的春聯往他家門上貼。她衣服都沒換，穿著件藍色、戴帽子的珊瑚絨睡衣，來去像一陣風。貼完回家繼續睡覺。

睡前，她又期待遲曜第二天能早早地看到她貼的春聯。

於是留言給他：『你明天千萬不能睡懶覺。』

次日一大早。

遲曜很早就醒了。

他就是想多睡一下都難，外面到處都是劈里啪啦的鞭炮聲。

和這些喜慶紛雜的聲音不同的，是他現在身處的這個空蕩蕩的屋子。

他躺在床上，半闔著眼，抓了下頭髮，然後踩著拖鞋去洗漱。

簡單洗了把臉後，手機鈴響，他倚在洗手間門口接電話：「爸，媽。」

電話對面傳過來的聲音不帶多少溫度：『今天過年，轉了帳給你，想買什麼就買。還有，寄給你的過年禮盒收到沒有，裡面有些年貨。我和你媽公司裡有事，有批貨要急著交，趕不回來了。』

然後是他媽，插話進來叮囑了一句：『最近在家裡還好吧，自己照顧好自己。』

遲曜：「知道了。」

「沒事的話，」他又說：「我掛了。」

末了，他又補上一句，「新年快樂。」

『……』

三兩句話後，再沒有其他話可說，通話很快中斷。

掛了電話，他順手點進通訊軟體。

今天過節，很多人在群組傳訊息，聯絡人列表全是未讀紅點。

他沒有看其他訊息，直接點開某個被置頂的，永遠躺在列表最上面的那個聊天畫面。

『膽小鬼』。

林折夏傳來的訊息有好幾則，他一則則往下看。

『千萬別起太晚。』

『你最好早點起來。』

『然後出去呼吸一下新鮮空氣。』

『因為，這樣才能張開雙手。』

『擁抱燦爛明天！』

「……」

遲曜看了這堆訊息一下：「又發什麼瘋。」

雖然這堆話看起來莫名其妙，但以他對林折夏的了解，這堆話背後一定有什麼用意。

而這個用意對他來說並不難猜。

於是他走到門口，拉開了門。

門口沒有什麼莫名其妙的包裹，他移開視線，才發現門上多了三張紅色春聯。

春聯上，剛勁有力的黑色筆墨印著：一帆風順年年好，萬事如意步步高。

橫批：吉星高照。

可以看出來這三張春聯被人貼得很認真，排列工整，連邊角都貼得仔細。

只是——遲曜看著門，沒忍住笑了一聲——別家的春聯都貼在門頂上，而某個矮子由於身高限制，只能把春聯貼在下面的位置。

『看到了，挺燦爛的。』

他單手在對話欄裡打字，又回了兩句：『位置很獨特。』

『下次搆不到，可以進來搬張椅子。』

林折夏今天也醒得很早，幾乎秒回。

膽小鬼：『今天過年。』

膽小鬼：『我不想殺生，勸你好自為之（拳頭.jpg）。』

「幫你貼上就不錯了，」另一邊，林折夏一邊刷牙一邊含糊不清地嘟囔，「話還那麼多。」

「……我又不是兩公尺高的巨人。」

「門那麼高，貼得矮一點，不是也很正常。」

但她吐槽完，這事也就過去了。

過了一下，她換好新衣服，又高高興興地出門說：「媽，魏叔叔，我去找遲曜了——」

林荷：「我正要跟妳說呢，叫遲曜過來一起過年。」

魏平也說：「是啊，大過年的，還是熱鬧點，哪有一個人在家過的。」

遲曜來的時候帶了個禮盒，林荷說著「不用那麼客氣」，就招呼他在客廳坐著。

春節，對大人來說很忙碌。

但對他們這些學生來說，真到了這天，其實和往常也沒太大區別，都是躺在沙發上玩手機、看看電視，偶爾還得陪親戚家的調皮孩子玩。

這天林折夏家裡就來了一個小男孩。

小男孩起初還很拘謹，坐了一下，開始不老實地東張西望。

他看著林折夏：「姐姐。」

林折夏正忙著回覆好友訊息，她各自回覆了一段新年祝福給陳琳和唐書萱，然後問：「怎麼了？」

小男孩一本正經做起自我介紹：「我叫康家豪，我今年六歲。」

看他那麼認真，林折夏也坐直了，放下手機，下意識接上：「我叫林折夏，今年……十六。」

小男孩顯然出門前背了一套拜訪親戚的標準發言：「我期末三科都考了九十七分，全班第三，平時的愛好是打羽毛球。」

林折夏讚嘆：「你考得真不錯。」

小男孩問她：「妳考幾分？」

林折夏：「我們卷面分數不一樣，你可能理解不了。我平時的愛好，喜歡看書。」

林折夏這句「喜歡看書」說完，旁邊的人很輕地笑了一聲。

遲曜：「妳十歲那年買的那本《紅樓夢》，過去六年，看了幾頁？」

「……」

「你不說話，」林折夏咬牙，「也沒人當你是啞巴。」

她就是想在孩子面前樹立個良好形象。

總不能說她的愛好是吃飯睡覺玩手機吧。

這太不積極向上了。

不過遲曜開口後，小男孩立刻把注意力轉移到旁邊這位穿灰色毛衣，長得很好看的哥哥身上，問他：「你叫什麼？」

遲曜掃了他一眼：「我為什麼要告訴你。」

小男孩：「我們認識一下。」

遲曜移開眼：「不用了，我不和小屁孩交朋友。」

「……」

小男孩踢到鐵板，愣了。

半晌，他緩過神，拽了下林折夏的衣角，問出一句：「這個人，是妳哥哥嗎？」

都聚在一起過年，很容易讓人產生這種認知。

小男孩甚至都不需要林折夏回答，便自作主張確認了：「他就是妳哥哥吧。」

林折夏：「？？？」

她感覺自己受到了衝擊。

「他是我哥哥？」

小男孩點了點頭。

雖然遲曜確實比她早出生一個多月，但林折夏還是十分震驚：「他怎麼可能是我哥哥，我跟他長得很像嗎？」

小男孩判定誰年紀大的方式簡單又純粹：「他比妳高好多。」

林折夏：「…………」

小男孩沒來得及聊下去，很快被他媽叫走，要趕著去下一個親戚家拜年，把這個爛攤子留了下來。

林折夏看著小男孩離開，男孩走後，客廳只剩下她和遲曜。

她只覺得現在這場面因為一句「哥哥」而變得有些尷尬。

她喝了口水，然後說：「……小孩子，不懂事。眼神不好。」

遲曜不置可否。

她忍不住，又多說了一句，「而且雖然在身高上我不占優勢，顏值上我明顯比你好看很多。」

晚上，來來去去拜年的人都走了。

剩下的人坐在一起看春節節目，林折夏笑點低，每次都是第一個笑。

魏平從口袋裡掏出兩個紅包，一個給她，另一個給遲曜。

「不用，」遲曜起初沒接，「您收起來吧。」

魏平：「沒多少，就塞了兩百，圖個吉利。拿著。」

林荷也說：「是呀，你今天都拎那麼多禮物過來了，別跟你魏叔叔客氣。」

林折夏在旁邊接了句「不要也可以給我」，被林荷用眼神警告。

她當然只是說句玩笑話。

等遲曜伸手接過紅包後，幾人繼續看春節節目的中途，林折夏偷偷打開自己那份壓歲錢，然後從裡面抽了一張出來。

「給你。」

遲曜視線裡突然出現一張人民幣。

她今天收了很多紅包，但遲曜只收到這一個，所以她很想分他一點。

林折夏本來還有句臺詞，她怕遲曜拒絕，想接著說「拿著吧，父愛如山，不要太感動」。

然而沒想到遲曜毫不客氣地接過了那張一百塊。

只是他伸出手，把那張紙鈔夾在指間，在接過的瞬間，意味深長地說：「……妳這是，給哥哥的壓歲錢？」

「……」

窗外有人開始放煙火。

林折夏感覺她的耳朵也跟著劈里啪啦的。

她沒有想過，白天那個小男生的那句話，會突然被他這樣拿出來打趣。

而且「哥哥」這兩個字，從小男孩嘴裡說出來，和從遲曜嘴裡說出來，完全是兩種語氣。

遲曜平時說話踐裡踐氣，但偶爾，比如像現在這樣微微拖長尾音說話的時候，又有種說不出的感覺。

「啪——」

窗外煙火還在放。

某一瞬間，絢麗的煙火點亮整個夜空，光亮從窗戶照映進來。

「不說話，」那個聲音又說：「那哥哥就收下了。」

第八章　只有她

林折夏感覺自己似乎被人毒啞了。

遲曜說完，她半天都憋不出一句話來。

平時遲曜說一句，她能回十句，但此刻卻一句都回不了。

林荷和魏平在專注看電視，並沒有注意到他們這邊。

春節節目熱熱鬧鬧的聲音從電視機裡傳出來，蓋過了她和遲曜這邊的聲音。

半晌，林折夏低下頭去滑手機。

其實沒有人傳訊息給她，但她也不知道自己為什麼會處於一種奇怪的想靠滑手機逃避的狀態。

她沒事找事的單方面找陳琳和唐書萱聊天。

『妳們看春節節目了嗎？』

『今年的春節節目，挺搞笑的。』

『（笑咪咪.jpg）。』

沒人回她。

她又繼續盲目地滑著聯絡人列表。

好巧不巧，何陽恰好傳來了幾則訊息。

大壯：『在嗎？』

大壯：『妳在家裡吧？』

林折夏回覆：『在。』

大壯：『我曜哥也在？』

林折夏繼續回覆：『嗯。』

大壯：『……』

大壯：『要不要出來放煙火，我爸買了好多。』

大壯：『還有，妳能不能不要一個字一個字回覆，妳整天和遲曜待在一起，學他什麼不行，盡學他那些臭毛病。』

林折夏動動手指頭：『哦。』

大壯：『…………』

大壯：『你們別來了，煙火我自己一個人放。』

和何陽聊完後，林折夏找到新話題，清了清嗓子，總算能憋出句話：「咳，那什麼，何陽叫我們過去放煙火。」

她和遲曜出去的時候，外面已經放過幾場煙火了。

漆黑的夜空時不時閃過幾團升起的煙火，「啪」地一聲，在空中綻開。

何陽見他們過來，對他們招呼道：「快過來，馬上要放了，誰想點？」

林折夏跑過去：「我我我，我想點。」

她接過打火機，小心翼翼地蹲在那箱煙火旁邊。

其實她有點怕，但是想到遲曜就站在她身後，那點害怕也不算什麼了。

她按下打火機，導火線「滋滋滋」地燃燒起來。

她正要站起來往後退，幾乎在同一時間，她感受到身後有一股很輕的力量也在帶著她往後退——是遲曜搭在她帽子上的手。

三、二、一。

煙火躥到高空。

林折夏情緒來得快去得快，她看著夜空中這片不斷上升的煙火，已經忘了剛才那點莫名的尷尬。

她像往年那樣，對遲曜說了一句：「新年快樂——」

遲曜穿的外套是黑色的，在晚上幾乎和周圍那片黑色融在一起，唯一不同的，是某一時刻，那張被煙火點亮的側臉。

他鬆開拽著她帽子的手，也回她：「新年快樂。」

春節過後，寒假匆匆結束。

開學第一天，班裡同學到校第一件事就是補假期作業。

由於這件心照不宣的事，導致校門剛開，七班大半的人就到了。

林折夏進班的時候，第一次發現班裡居然那麼熱鬧。

唐書萱和陳琳湊在一起，正在聊假期發生的事。

見她進班，熱情地對她揮了揮手：「好久不見——還有，新年好——！」

「新年快樂。」林折夏也回了句。

她放下書包後又問：「妳們在聊什麼？」

陳琳說：「聊我哥。」

林折夏聽到「哥」這個詞，差點把手裡剛拿出來的筆袋甩出去：「……」

陳琳側目：「妳怎麼了？」

林折夏：「沒什麼，就是有點驚訝原來妳還有個哥。」

「我哥大我十歲，都工作了，平時不在漣雲市，」陳琳說：「所以我們其實不是很熟悉。」

林折夏默默把筆袋放在課桌上：「原來是這樣。」

她表面淡定，內心在喊：都怪遲曜那天忽然冒出的那兩句話，害得她今天差點反應過度。

她和遲曜一起過過很多春節，但哪次都沒有這次那麼……那麼……

她想了很久，發現找不到合適的詞去形容。

算了。

林折夏不再去想過年的事，她一邊整理作業，一邊聽唐書萱講話。

唐書萱壓低聲音：「妳們知道嗎，我們班裡有對情侶，假期開始談的。」

「我知道，」陳琳說：「太明顯了，上學期我就覺得他們不對勁。」

唐書萱聳肩，失去了分享八卦的欲望：「好吧，那我不用說名字了。」

只有林折夏聽得一頭霧水：「啊？」

「誰？誰和誰？」

她又追問：「怎麼明顯了，我怎麼不知道。」

唐書萱偷偷指了指給她看：「就隔壁組那個誰和誰啊，妳沒看出來嗎？」

林折夏順著唐書萱的手指看過去，看到一個戴眼鏡的女同學，和他們班數學小老師。

兩個人看起來都很靦腆，數學小老師正站在那女生旁邊，一邊抓頭髮一邊有點害羞地和她說著話。

林折夏後知後覺：「他們居然在談、戀、愛？」

陳琳忍不住說：「其實我很早就想說了，妳在這方面的反射弧，真的很長。」

唐書萱也說：「是的。」

林折夏：「……」

陳琳又說：「而且談戀愛也沒什麼大不了的啊，以前國中的時候，班裡就有偷偷談的同學了，雖然談的跟扮家家酒似的，妳們以前班級裡沒有嗎？」

林折夏搖搖頭：「沒有，我國中讀女校，學校裡沒有男生。」

她這些年唯一接觸的男生，就是南巷街那群以遲曜為首，不分性別、哥們一樣的青梅竹馬。

國中那時，大家還會一起勾肩搭背去網咖打遊戲，只不過她並不喜歡玩他們那些遊戲，就算跟過去，也只是待在旁邊看看電視劇。

所以她對感情上的事情，比同齡女生，懂得更少些。

甚至少到有些無知和匱乏。

唐書萱了然：「原來妳之前讀女校，那難怪了。」

她又拍拍胸脯：「沒事，以後情感問題可以找我，我可是七班情感達人。」

林折夏看著她：「妳談過很多次戀愛嗎？」

唐書萱：「沒有。」

「……？」

「但是往往沒有戀愛經驗的人，」唐書萱自信地說：「才喜歡到處給人建議。」

適應高中生活後，高一下學期的時間過去得很快。

不知不覺，他們這屆新生正式步入了高二。

又是一年盛夏。

比起剛入學那時的稚嫩和新奇，高二的大家似乎變得更加像個真正的高中生了。

那種青澀和稚嫩，無形之間褪去幾分。

步入十七歲，每個人都開始，自以為地悄悄往「大人」的方向成長。

林折夏發現她漸漸開始追求「獨立」和「自主」。

她在和林荷的相處過程中，開始需要更多的話語權。

有時候林荷可能只是多念叨了幾句「天還沒完全升溫，妳這樣裡面只穿一件襯衫，傍晚放學會冷的」。

平時聽話的林折夏就難得升出一種不知名的倔強：「媽，我不冷。」

以及，在林荷為某事千叮嚀萬囑咐的時候，她會冷不防、控制不住地冒出來一句：

「我知道的，我自己的事情，我可以處理好。」

林荷有時候會覺得她不聽話。

魏平便會出來打圓場：「孩子大了，有自己的想法，也很正常，妳別跟孩子生氣。」

不過她跟遲曜之間，卻還是老樣子。

那點想成為「大人」的想法，在他面前似乎是失效的。

她只要和遲曜湊在一起，就分分鐘又變回那個很幼稚的林折夏。

這天早上，幾人照例一起去公車站等車。

熟悉的蟬鳴重回耳邊，天氣悶熱的連風似乎都是靜止的。

林折夏忽然開口說：「遲曜，你相信命運嗎？」

遲曜不知道她又在搞什麼。

林折夏：「我最近剛學了點算命術，你手伸出來，我幫你算算。」

遲曜穿著件很單薄的衣服，校服衣領微微敞著，站在人群中特別顯眼。

遲曜：「妳今天出門又沒吃藥？」

林折夏回擊：「你才沒吃藥。」

兩個人就有沒有吃藥這個話題吵了幾個來回。

何陽往旁邊退了兩步，和這兩人拉開距離。

他默默地說：我可不認識這兩人。不認識，不太熟，不是朋友。

高二剛開學沒多久，發生了一件意外的小事。

某天下課，陳琳一直問她：「有沒有覺得我今天有什麼變化？」課林折夏看她半天，什麼也沒看出來，只能說：「妳今天格外美麗。」

陳琳：「具體一點，我美在哪裡？」

林折夏：「妳哪裡都美，以至於我很難具體。」

陳琳放棄了，直接坦白：「妳看我耳朵。」

林折夏這才注意陳琳耳朵上戴了一對很小巧的耳釘，耳洞應該是剛打的，還泛著紅，她有瀏海，耳朵兩側的瀏海遮著，所以看起來並不明顯。

林折夏有點驚訝：「妳打耳洞了？」

「學校允許嗎，」她又說：「會不會被老徐抓啊。」

陳琳：「不會，我們管得沒那麼嚴，書萱很早就打了，一直沒有老師說她。而且就算有人說，把耳釘摘了，換根透明的耳棒就行，根本看不出。」

林折夏點點頭：「原來是這樣。」

陳琳慫恿：「妳要不要也打一個？」

她接著說：「我這個就在學校附近打的，就是那條商品街轉進去，巷子裡有家飾品店，很多人都去那打耳洞。」

林折夏聽得有點躍躍欲試。

女孩子，在青春期對打耳洞這件事，總是有種神奇的嚮往。

或許是愛美之心在作祟。

或許是想背著家長做一些無傷大雅，但叛逆的事情。

也或許，是因為「大人」都戴耳環。

「我是有想過打耳洞，」林折夏說：「國中的時候就想打，但我媽不讓。」

「她說我要是敢打，」林折夏緩緩地說：「她就打斷我的腿。」

陳琳：「偷偷打唄，又不是什麼大事，我媽本來也不讓，我打了還不是沒說什麼。」

上課鈴響，這個話題聊到這裡就停下了。

但林折夏在上課的時候，還是短暫地走了一下神。

她有點被陳琳說動了，竟然真的開始盤算背著林荷打耳洞的事情。

但比起這件事被林荷發現，她更害怕的是另一點。

——打耳洞會很疼吧。

「不疼。」放學時，唐書萱也加入話題。

她打包票說：「我打了兩次了，都沒什麼感覺，妳放心。」

林折夏：「但畢竟要從耳朵上穿過去……」

陳琳：「真的不疼，妳放心去吧。」

她是很想去，但她真的不敢。

放學，她和遲曜並肩往車站走，她走得拖拖拉拉，中途視線一直往商品街那飄。

遲曜感覺到她的速度越來越慢，出聲提醒：「妳不如爬到車站。」

林折夏：「……」

下一秒，遲曜又說：「說吧，想買什麼。」

林折夏還是有點想打退堂鼓：「沒什麼想買的。」

「沒什麼想買的，」他說：「妳一直盯著對面看？」

林折夏終於鼓起勇氣：「其實……其實我和人約好了，放學要去商品街巷子裡打一架，你得陪我一起去，欣賞一下我打架時的英姿。」

遲曜：「哦。」

他對林折夏隨口扯出的這番話，沒做出太多的反應。

林折夏：「你就這反應？」

「妳是想讓我欣賞——」遲曜如她所願，換了個反應：「還是怕打不過，想讓哥哥幫妳？」

「……」

死去的稱呼又跳起來攻擊她。

這個稱呼是過不去了嗎。

林折夏現在有求於他，不好得罪，於是只能裝沒聽到，又問：「所以你願意陪我一起去嗎？」

她得到的回覆是三個字。

「不願意。」

「……理由？」

「我害怕，」遲曜頂著那張看起來就很不好惹、身後彷彿有一群小弟的臉，用最跩的語氣說出最離譜的話，「我看到別人打架就腿軟。」

林折夏差點就脫口而出一句：你放屁！

之前一個打三個的人是誰。

說自己是城安校霸的那個人又是誰。

打架的時候可沒見他腿軟，倒是記得這人眼睛都沒眨一下。

半晌，林折夏問：「你在開玩笑嗎。」

遲曜皮笑肉不笑地回她：「妳先開玩笑的。」

「……」

事已至此，林折夏只能說實話：「其實我是想去打個耳洞。」

遲曜的目光往下偏移幾寸，落在女孩子小巧白淨的耳朵上。

林折夏耳垂上乾乾淨淨的，什麼都沒有。

「但是我不敢一個人去，」林折夏又說：「我怕疼。」

遲曜收回那一眼：「荷姨知道嗎？」

林折夏：「我打算先斬後奏。」

遲曜評價她：「膽子挺大。」

他雖然沒有明確說要陪她去，但兩人談話間，已經不知不覺往商品街那塊走去。

林折夏：「其實還是很慌的，但我已經想好了，我媽今天如果不讓我進門，我就去你家寫作業。」

遲曜：「妳考慮得倒是周全。」

林折夏：「還行吧。」

遲曜：「妳就沒想過，我也不一定放妳進門。」

半晌，林折夏說：「……我有鑰匙。」

放學後的商品街上人很多，都是穿二中校服的學生，有人在排隊買飲料，也有人在買些小吃。林折夏拉著遲曜穿過人群的時候，隱約聽見有人在竊竊私語。

經過高一一整年的洗禮，林折夏對這些議論開始有些免疫。

畢竟作為經常站在焦點旁邊的那個人，她也間接地被人關注著。

所幸越往巷子裡走，人就越少。

裡面的商鋪不如街外熱鬧，很多店面都空著，大玻璃窗上貼著封條。

走了很長一段路，這才看見陳琳說的那家飾品店。

粉色的招牌上寫著：「馨馨飾品店」。

店面裝修得很敞亮，玻璃門上用彩色記號筆寫了三行圓潤可愛的字：項鍊，耳飾，打耳洞。

並且這家店深諳女生喜好，店裡竟然養了隻橘貓。

林折夏一進去，那隻貓絲毫不怕生，立刻屁顛屁顛地跑過來在她校服褲管上蹭起來。

「……」林折夏驚喜地說：「貓貓欸。」

跟在她身後的遲曜單肩背著包，也緩緩蹲下身，然後伸手扯了一下那隻貓的耳朵。

遲曜和貓待在一起的時候，有種詭異的和諧。

詭異來源於，他看起來一點不像是那種很喜歡貓的人。

那隻貓似乎更親近他，在他手邊繞來繞去。

林折夏有點不爽：「牠為什麼更喜歡你啊。」

遲曜：「因為牠有眼睛。」

林折夏：「說不定——是這隻貓的視力不太好。」

遲曜很自然地接了一句只有他們之間能聽懂的話：「那小咪怎麼解釋。」

小咪是林折夏小時候救助過的貓。

以前社區裡常有流浪貓出沒，其中有隻瘦骨嶙峋的流浪貓在夜裡生了孩子。

林折夏一大早出門，就聽到公寓附近的灌木叢裡有微弱的貓叫聲。

她撥開灌木查看，看到一隻通體雪白的小貓。

「妳魏叔叔貓毛過敏，」林荷見她有想養貓的心思，不得不勸她，「恐怕是沒辦法。」

她記得自己當初焦急地說：「可是不管牠的話，牠會死的。」

林荷：「這樣吧，我們在社區裡問問，也許有人願意養。」

林折夏第一個想到的就是遲曜。

那時的遲曜剛上國中，但個子已經很高了。

少年也像現在這樣，蹲在灌木叢旁邊，逗弄似的輕扯了一下貓的耳朵。

「扔在我家可以，」遲曜最後起身的時候說：「但妳自己照顧牠，還有，記得把我家打掃乾淨。」

遲曜有輕微潔癖，貓這種容易帶來「混亂」的生物，他確實不太喜歡。

但「小咪」很喜歡他。

然而小咪體弱，即使林折夏細心照顧，還是沒撐過一個月。

小咪走的那天她哭了很久。

她最後哭著對遲曜說：「我還有好多話想對牠說，牠現在是不是聽不到了。」

那天晚上她一直沒睡著。

直到夜裡，她收到一則訊息。

傳訊息的人頭貼頂著小咪的照片，她在點開訊息的瞬間，差點以為這是小咪傳來的訊息。

林折夏至今都記得，那則訊息上寫的是：『聽說妳還有話想對我說。』

緊接著，「小咪」又傳來兩句話。

『說吧。』

『我在聽。』

她原本止住的眼淚忽然間又流了出來，她仍然很難受，像有人掐著她的心臟一樣難受，但是難受之餘，彷彿有隻手輕輕地拍了拍她的腦袋。

她縮在被子裡打了很多字。

『是我沒有照顧好你，對不起。』

『你下一次一定會更健康的，你會遇到一個很好的人，然後快快樂樂地、健康地長大。』

她最後忍不住問：『你是不是去天堂了？』

對面的「小咪」輸入了一下，最後傳給她一個字。

『嗯。』

林折夏從有關於小咪的回憶裡抽離出來。

她看著此時此刻，在店裡逗弄橘貓的遲曜，接著又聯想到那個半夜換頭貼安慰她的遲曜，難得沒有回嘴。

算了。

隨便他怎麼說吧。

老闆娘約莫三十歲的樣子，見他們進來，熱情招呼道：「想買點什麼，送禮物的話還能免費包裝，店裡東西都很全，你們可以多看看。」

林折夏拉著遲曜，先去飾品區逛了一圈。

雖然已經進店了，但越臨近，就越害怕。

她猶豫道：「我還是不敢。」

遲曜沒有絲毫猶豫：「那走了。」

林折夏拽著他的袖子，怕他真走：「我又沒說不打，我就是得準備一下。」

遲曜：「打個耳洞，有什麼好準備的。」

林折夏：「可能會很疼啊。」

說完，林折夏猜到他可能會說什麼，補上一句，「不許說我膽小。」

然而她補得太慢。

幾乎就在她說出口的同時，遲曜已經輕嗤了聲：「膽小鬼。」

林折夏想反駁說，其實她以前不這樣的。

小時候就算和何陽打架，被人不小心打疼了，她都不會哭。

可是現在，越長大卻變得越矯情。

可能是因為，不管發生什麼事，遲曜總會陪在她身邊。

而她那點微不足道的小事情，也總是可以對他全盤托出。

「……」

「三分鐘，」遲曜看了眼時間，「超過三分鐘妳還沒準備好，就別準備了。」

林折夏「噢」了一聲。

她「噢」完，忽然冒出來一個點子。

「既然你覺得打耳洞不疼，」她看著他說：「那你陪我一起打吧。」

她越說，越覺得這個方法可行。

「我現在很害怕，但如果有個人陪我一起打，我應該就不怕了。」

遲曜眉尾微挑，朝她看過來。

林折夏緩緩說：「……多個人一起死，是很壯膽的。」

遲曜起初沒有理她，但她開始耍賴：「你不打，我就坐在店門口到天亮，我臨終前都會回想起這一天，就在這一天，某個姓遲的人無情地拒絕了我。」

最後遲曜架不住她實在太吵，跟她講條件：「我只打一邊。」

林折夏想了想，男生打兩邊也有點不太合適，於是點了點頭：「可以。」

「還有，」他又說：「好處呢？」

林折夏沒反應過來：「什麼好處？」

遲曜：「難道我神仙下凡，過來普渡眾生，白挨這一下？」

林折夏拖拖拉拉，依依不捨地說：「我一個月的零用錢有兩百。」

「……」

「可以給你一百五，剩下五十，我省著點用。」

她看到遲曜對這個回答似乎不是很滿意。

於是橫下心改口：「兩百，兩百都給你，行了吧。」

然而遲曜並不買帳：「誰稀罕妳那點零用錢。」

「……？」

「這樣吧，」他彷彿為了故意折磨她似的，說：「妳喊一聲哥哥，我陪妳打。」

「……」

林折夏愣了一下。

她緊接著想：不愧是你，遲曜。打蛇專打七寸，心狠手辣，置人於死地。

林折夏內心糾結了一下，最後想打耳洞的念頭還是占了上風：「那得等你打完，以防你說話不算話。」

商量好一起打耳洞後，林折夏總算鼓起了勇氣。

她叫住老闆娘：「老闆，你們這可以打耳洞嗎？」

老闆娘笑著說：「可以呀，打耳洞六十，妳要打嗎？」

林折夏指指遲曜：「打，但是他先打——他只打一邊。」

老闆娘倒是很少見到男生來這裡打耳洞，不由得多看了那男生兩眼。

少年一身校服，也許是她的錯覺，她總覺得那張臉照得她這家店都亮堂了幾分。此刻少年正陪在女孩子旁邊，兩個人身高差距明顯。

「單側也可以，付三十就行。」她說。

「男孩子的話，就選款式簡單一點的耳釘吧，黑曜石的怎麼樣，男孩子大都喜歡戴這種。不過他，應該戴什麼都好看。」

林折夏卻覺得不合適。

最後她在那一筐耳釘裡，挑了一個造型簡單的銀色十字出來：「這個吧。」

她總覺得，遲曜這個人很適合戴銀色。

倨傲、矜貴，又冷冽。

打耳洞比林折夏想像的簡單很多，老闆娘先是在遲曜耳垂上定好位置，然後拿著一個消過毒的設備，夾著耳垂，「啪嗒」一下就打好了。

但是操作簡單，不代表沒有視覺衝擊力。

林折夏站在遲曜旁邊，近距離觀摩了他打耳洞的全程，清清楚楚地看到那「啪嗒」，是怎麼穿過耳垂刺過去的。

具體畫面比想像中的，更讓人感到恐懼。

林折夏想打耳洞的念頭在這「啪嗒」一聲後，完全消散了。

她清醒了。

老闆娘打完一個，看向林折夏：「小妹妹，妳……」

沒等老闆娘說完，林折夏往後退了一步，果斷對飾品店老闆說：「就打他一個，不用打我了。」

「……？」

老闆娘拿著打耳洞的東西，問：「妳不打了？」

林折夏：「嗯，我覺得我還是應該聽我媽的話。」

回去的路上，氣氛很沉默。

這個沉默來源於，明明是她要打耳洞，約好一起打之後結果她卻沒打。

林折夏坑了人，有點心虛。

兩人從公車上下來，她終於硬著頭皮打破沉默：「你耳朵還疼嗎？」

遲曜用一種聽起來無所謂但字裡行間明顯很有所謂的語氣說：「妳打一個，就知道疼不疼了。」

「……」

林折夏：「事情會發展成這樣，我也是沒想到的。」

「妳那腦袋，」遲曜說：「能想到些什麼？」

兩人從車站往南巷街走。

在飾品店耗費太多時間，回去的時候天色已經暗下來很多。

「但是你也不虧。」

林折夏說出原因，「你戴耳釘很好看，提升了你的顏值。」

遲曜原先走在她前面，聽了這話後停下腳步，轉過身，面對著她冷笑了下：「這麼說我是不是還得感謝妳？」

林折夏大著膽子接上一句：「不用跟我這麼客氣。」

她說這話並不是在刻意吹噓。

即便平時她經常說遲曜長得也就那樣，但也不得不承認，這個人真的很適合戴耳釘。適合到……她一路沒忍住偷偷瞥了他好幾眼。

剛才老闆娘打完叮囑他耳洞要養一養才能把暫用的耳釘換下來，然而遲曜一點都不怕疼，加上只打了一側，嫌麻煩，就直接換上了。

此刻少年站在她面前，銀色冷質感耳釘襯得整個人鋒芒更盛。

林折夏目光控制不住地，又落在他耳垂處。

然而遲曜一句話讓她回了神。

「林折夏，妳是不是忘了什麼？」

她知道遲曜是在說那個約定，拿出早就準備好的說辭：「我沒忘，但之前說好的是陪我打，可我這不是沒打嗎。我既然沒有打耳洞，那之前說的當然就不算數了。」

她說完後，遲曜俯下身，向她靠近了些。

在路燈的照耀下，她將遲曜戴耳釘的樣子看得更清楚了。

她甚至能看清那枚銀十字上豎著的紋路。

接著，她聽到的是遲曜湊在她面前說的一句：「——行，賴帳是吧。」

林折夏進門的時候，林荷數落道：「怎麼回來得這麼晚。」

林折夏在玄關處換鞋，說：「我……我和遲曜去了書店一趟。」

「國文老師今天講作文，說有套書講得很好，建議我們買來看看，不過去書店找了一圈都沒找到。」

林荷沒起疑：「零用錢夠嗎，如果要買書錢不夠，記得和我說。」

林折夏：「夠的。」

等林折夏放下書包，坐到餐桌上吃飯的時候，林荷又問了一句：「妳臉怎麼這麼紅？」

林折夏並沒有留意到自己臉紅。

她後知後覺地抬手碰了碰臉，才發現確實有點燙。

「可能是天氣太熱了，」她說：「最近溫度很高。」

最近的天氣確實越來越熱。

林荷沒多想，往她碗裡夾了一筷子菜：「也是，最近氣溫高，妳注意著點，別中暑了。」

晚上，陳琳傳來一則訊息給她。

陳琳：『妳去了嗎？』

林折夏回：『去了。』

陳琳：『我就說吧，是不是一點都不疼。』

林折夏：『……嗯。』

是不疼。

因為打的人又不是她。

陳琳又興致勃勃地問：『妳選了個什麼樣的耳釘？』

陳琳：『我其實好喜歡那種帶耳墜的。』

陳琳：『但是那種式樣太明顯，怕老徐警告我。』

林折夏不知道該怎麼跟她解釋，於是略過了這個話題。

她提醒陳琳：『別玩手機了，今天作業很多，快點寫作業吧。』

林折夏暫時把她坑遲曜去打耳洞這件事拋到腦後，即使寫作業的中途，銀十字和遲曜的那張臉，仍會時不時出現在她眼前。

睡前，她點開和遲曜的聊天畫面，老老實實認了錯。

『對不起。』

她捧著手機，忍著紅透的耳尖，一個字一個字打：哥、哥。

然而打完她還是沒勇氣傳出去。

這個稱呼好像有種特殊的魔力。

畢竟叫一個不是自己哥哥的人哥哥，這感覺很奇怪。

她在被子裡翻個身，抓了下凌亂的頭髮，最後又把這兩個字刪了。

最後傳過去一個她和遲曜之間很常用的稱呼。

『爸爸 orz。』

次日，陳琳到學校第一件事就是去看林折夏的耳朵。

然而女孩子耳垂上依舊乾乾淨淨的，什麼東西都沒有。

陳琳問：「妳耳洞呢？」

林折夏：「這件事說來話長……」

陳琳：「那妳就長話短說。」

林折夏沉默了幾秒：「長話短說就是，耳洞打在別人耳朵上了。」

陳琳：「？？？」

陳琳還沒從這個回答裡回過神來，唐書萱正好進班，她今天來的比較晚，踩著點進班，進班後第一句話說的就是一句難得的髒話：「我靠。」

下一句是。

「遲曜今天戴耳釘了。」

對高中生來說，打耳洞本身就有點禁忌，女孩子還好，偷偷打很多老師學生都能理解，但男生戴耳釘——別說他們這屆，就是翻遍校史，可能都找不出第二個人來。

更何況，戴耳釘的人是遲曜。

這個人哪怕什麼都不幹，就是下課趴在課桌上睡覺就已經夠招搖的了。

所以唐書萱知道這件事情時的心情，非常震撼。

倒是林折夏比較淡定，作為始作俑者，她有點心虛地問：「妳怎麼知道？」

「不光是我知道了，全年級都知道了。」

唐書萱說：「我來學校的一路上，旁邊的人全在議論這件事，還有，隔壁班已經因為這件事瘋了兩個。」

林折夏：「……」

唐書萱發表自己的觀後感：「我來之前也特地轉到一班門口看了一眼。憑良心講，如果不是考慮到這個人的性格問題，戴耳釘的遲曜，是我可以追著跟他要一千零八百次聯絡方式、並且畢業多年後午夜夢迴想起來都還是會心動的程度。」

陳琳也反應過來，她用筆戳了戳林折夏：「妳那耳洞，該不會是……打在遲曜耳朵上了吧？」

林折夏不好意思地說：「妳猜對了。」

由於他們班上學期期末考成績不理想，所以高二才剛開學，七班就額外安排了一次模擬考。

班導師幾乎一整天都待在教室裡沒走。

林折夏下課抽不出多餘的時間，也沒辦法去一班找遲曜，只能從別人那裡間接獲取一班的動向。

她從別人那裡得知，遲曜似乎因為戴耳釘的事，被年級主任老劉勒令罰站。

「罰站啦？不至於吧。」

「我們學校不也有很多女生打耳洞嗎？」

「……」

「女生和男生還是不太一樣的吧，男生戴耳釘，學校應該也不能不管。」

在一片小聲議論中。

有人說：「那哪是罰站，感覺在公開展覽。」

「他往走廊上一站，一排四五個班全在看他，我朋友就在二班，跟我說他們班今天上課很多人盯著窗戶外面走神。」

與此同時，樓下高二一班門口。

上課鈴響後，學生快速進班，走廊上很快就沒什麼人了，唯獨剩下一道略顯突兀的身影。

一班位置在長廊盡頭，少年倚靠著牆，一隻手拿著手機，另一隻手垂著、手裡拎著本課本。

他低著頭，正在傳訊息。

教室裡的徐庭也在看手機。

遲曜拍了拍他後，他立刻回覆：『怎麼了？』

貓貓頭傳來一句：『有筆嗎？』

貓貓頭：『有的話扔一支出來。』

徐庭：『巧了，正所謂差等生文具多，我什麼都缺，唯獨不缺筆。』

徐庭甚至「唰擦」往自己桌上拍了張照片：『（圖片）。』

徐庭：『要哪支？』

徐庭：『你是要簡潔經典的得力牌水性筆，還是尊貴不失大氣的日本百樂？』

貓貓頭回過來兩個字：『傻子。』

然後又是兩個字：『隨便。』

徐庭趁著老師進班之前，高舉起手，拎了支筆朝窗戶外扔，窗戶外那人隨手接住。

徐庭扔完筆，又忍不住傳訊息問他：『不過你這耳釘是怎麼回事？』

貓貓頭只是言簡意賅地回他：『忘記拿下來了。』

遲曜回完這一句，關上手機螢幕，然後單手拎著書，繼續靠牆聽課。

他確實是忘記拿下來了。

昨天被某個賴帳的膽小鬼拉過去打完耳洞之後，第二天早上起來，忘了耳朵上多了個東西。

畢竟他在過去的十六年裡，從來沒戴過這東西。

他進班後，才發現盯著他看的人比以前更多。

直到徐庭進班，喊了句：「靠，你這耳釘有點酷。」

緊接著老劉在走廊上巡視，一下留意到他們這邊鬧出動靜，他撥開人群，看到人群目光聚集的地方，然後氣沉丹田，勃然大怒，瞳孔震顫：「遲曜——你來我辦公室一趟！」

他想到這，一邊站在外面漫不經心聽著課，一邊用黑色水性筆隨手在書頁上跟著教室裡的老師勾了幾筆。

林折夏一直等到傍晚放學，才有時間去找遲曜。

她們班最後一節課在講今天當堂批閱的考卷，老師拖堂近二十分鐘，等她收拾好東西，遲曜已經在走廊轉角那等了她很久。

「我們班今天講試卷。」她解釋說。

遲曜手機裡一局遊戲剛結束，說：「我長耳朵了。」

林折夏：「我們班老徐的嗓門是挺大的。」

過了一下，她又補上一句：「其實你站在這等我，還能聽他講題，鞏固知識，也不算白費時間。」

遲曜：「何止，還能聽點相聲。」

他說著，模仿剛才課堂上她和老徐的對話：「『林折夏，妳站起來回答一下，這題怎麼解』。」

「『老師，這題我錯了』。」

「『我當然知道妳錯了，錯了才叫妳起來，來，妳說說』。」

「『可是……老師，我就是因為不會，才錯的』。」

末了，他評價道：「挺精彩的，確實不算白費時間。」

林折夏：「……」

她懶得跟他扯這個，幾乎是下意識地去看遲曜的右耳。

他耳朵上的耳釘已經拿下來了，現在只有一個略微泛紅的、還沒長好的耳洞。

她問：「你被老劉罵了？」

遲曜「啊」了一聲，並不太在意：「找我說了兩句。」

其實她一直覺得，遲曜這個優等生當得很不符合常理。

好學生的必要條件，和一些「壞學生」的特質，在他身上有一種極其微妙的融合。

林折夏：「你耳釘呢？」

遲曜：「拿下來了。」

說完，他又補上一句，「老劉不讓戴。」

想也是。

她背著書包，順著樓梯往下走的時候隨口說了一句：「有點可惜，這樣以後都看不到了，你戴著那個耳釘真的很好看。」

遲曜因為耳釘被罰站，林折夏多少有點愧疚，於是放學主動從自己的零用錢裡多拿了點錢出來，斥「巨資」請遲曜喝了杯冰拿鐵。

回去的公車上，兩個人位子不在一起，一前一後地靠著。

林折夏一個人坐著有點無聊，她看著窗外的景色，忽然想起來高一剛入學那時陳琳分享給她的網址。

她帶著一種自己也說不清的想法，從聊天紀錄裡把論壇網址翻了出來。

不需要她特地搜尋關鍵字，點開後，學校論壇首頁全是關於遲曜的討論文章。

即便他們已經升到高二，這個人在學校裡的討論度還是只增不減。

被頂到最上面，回覆最多的文章，就是關於「耳釘」。

一樓：『還有誰不知道的嗎，今天遲曜戴耳釘來上學了！』

二樓：『應該沒人不知道了吧？』

三樓：『剛知道，謝謝，下課立刻假裝去辦公室找老師請教問題，實則路過一班瞧一眼。』

四樓：『要看的抓緊了，等等老劉要來巡視。』

林折夏手指觸在手機螢幕上，緩緩下滑。

討論內容很快從「趕緊去看」變成了「罰站」。

甚至還有人偷拍了一張很模糊的罰站照片。

林折夏點開，入目便是教學大樓長廊，長廊盡頭，隱約可以看見一個高挑的人影，即使被糊成了馬賽克，也能很明顯感覺出這個人長得應該很好看。

林折夏對著這張照片看了一下，偷偷按下了保存圖片選項。

她操作的動作很快，彷彿怕被誰發現似的。

保存下來之後，她又繼續翻看論壇。

之後的討論內容就少了很多。

一百四十六樓：『散了吧，耳釘沒了，罰站也站完了，只剩下一個今天上課頻頻走神的我。』

一百四十七樓：『上課頻頻走神加一。』

剩下的一些內容，和她的想法居然有些不謀而合。

一百四十八樓：『但我是真的沒看夠，耳釘出現的時間太短暫了。』

一百四十九樓：『老劉視力那麼好幹什麼，我恨。』

一百五十樓：『不會以後都看不到了吧？』

一百五十一樓：『肯定看不到了啊，老劉都談話了，不可能再戴。』

她滑完論壇，低下頭喝了一口手裡的飲料。

第二天是週末。

林折夏睡了個懶覺，到中午才起。

她起床的時候，林荷和魏平都已經不在家了。

她簡單吃過飯後打算寫作業。

但作業還沒寫幾題，就發現這次數學作業有點難。

林折夏想也沒想地，去通訊軟體拍了拍遲曜的頭貼。

『你在嗎？』

『？』

對面依舊回得很快。

林折夏打字：『你一個人寫作業一定很寂寞吧？』

『專業陪寫，十分鐘含運到家，需要的扣1。』

對面回了一個數字：『2。』

林折夏才不管他回的是什麼，收拾好作業就往遲曜家跑。

她毫不客氣地在遲曜家門口按門鈴，隔著門喊：「你好——我是您請的專業陪寫，麻煩簽收一下。」

遲曜開門的速度有點慢。

在開門的瞬間，林折夏第一時間看到的不是別的東西，而是遲曜右耳耳垂上那枚銀十字耳釘。

遲曜換下校服之後，視覺衝擊力比之前更強。

林折夏沒忍住多看了幾眼，被這人一句話喚回現實：「退貨流程怎麼走？」

「……」

「不能退貨的，」林折夏說：「我們這屬於強買強賣。」

遲曜看著她，沒再多說，側過身讓她進了門。

林折夏熟門熟路地搬了椅子，在遲曜書桌另一邊坐下：「這題，我不會，你講講。」

遲曜看著她用筆點題的樣子，說：「妳當我是點讀機？」

林折夏說：「遲曜牌點讀機，哪裡不會點哪裡[1]。」

1 出自中國大陸某款學習機的廣告詞，原廣告詞是「步步高點讀機，哪裡不會點哪裡」。

他伸手：「付錢。」

林折夏：「商量一下，能不能白嫖？」

遲曜冷笑了一聲：「想得挺美。」

雖然遲曜這樣說，但還是跟她講了題。

他接過她手裡的那支筆，在白紙上推算公式。

他公式推得簡潔明瞭，林折夏盯著計算紙，看到一半就懂了。

遲曜還在往下寫著。

林折夏看懂後，視線往其他地方移。

耳釘離她很近。

她想到文章裡那些跟她一樣感慨看不見太可惜的人。

然後她後知後覺地發現，她能看見。

現在，好像也只有她一個人能看見了。

林折夏順著這個句式，想到了很多個「只有」。

只有她可以隨便在任何時候傳任何訊息給他。

只有她有他家的鑰匙。

只有……

好像，只有她離他那麼近。

「讓妳看題，」遲曜勾著筆寫題的手頓了頓，打斷了她的思緒，「妳往哪看呢？」

林折夏被抓包，一瞬間整個人都有點僵。

她錯開眼，半天才說：「我那是在欣賞我挑的耳釘。」

「然後順便感慨一下，是誰的品味如此不同凡響——哦，原來是我自己。」

遲曜扔下筆，坐了回去：「後面的題自己解，我不想講了。」

「？」

遲曜：「也沒別的原因，就是看妳今天腦子不太正常，妳治好再來。」

在這天之後，林折夏每週末都能看到遲曜戴耳釘。

不管是去他家的時候，還是兩個人出門去超市買東西的時候，甚至出去扔垃圾他都戴著。

看多了她也就習慣了。

之前那點「有點可惜」的想法煙消雲散。

並且她漸漸開始覺得，這個人是有點凹造型的心態在身上的。

這天兩人剛逛完超市回來。

遲曜走在前面，他手裡拎著的袋子裡裝的全是冰棒。

林折夏終於忍不住，突然間開口說：「遲曜，我發現你好有心計。」

遲曜看了她一眼。

「胡言亂語什麼。」

「你是不是故意耍帥，」林折夏說：「所以才天天私底下戴耳釘。」

遲曜一副妳管我的樣子：「那妳報警吧。」

「……」

果然就是她想的那樣。

正值盛夏，青石板路被晒得滾燙。

林折夏穿得很隨意，她踩著雙跟了她好幾年的拖鞋，穿著件長度到膝蓋的自由隨性褲子，又問：「你家冰箱應該放得下吧？」

她問的是遲曜手裡那袋冰棒。

林荷管她管得很嚴，自從她小時候吃冰鬧過肚子以後，就不准她吃太涼，每到夏天，想每天都吃冰幾乎是不可能的，林荷只准她一週吃一兩次。

但好在她不只家裡這一個冰箱可以用。

遲曜家也有冰箱。

遲曜：「放不下，建議扔了。」

林折夏：「……」

又過了一下，遲曜提醒她：「一週兩根，自己自覺點。」

林折夏不滿：「你怎麼跟我媽一樣，我已經長大了，腸胃很健康，多吃點也不會有什麼問題。」

遲曜冷笑：「誰管妳吃多少，我是懶得再陪妳出去買。」

「……」

兩人走到半路，遇到坐在家門口的何陽。

何陽眼睛亮了下：「給我來根冰棒，我快曬死了，我像個在沙漠走了十年的人，本以為我的心早已經乾涸，直到遇到你們這口甘泉。」

林折夏和遲曜幾乎是同時開口——

林折夏：「不會比喻就別說。」

遲曜：「不會說話就閉嘴。」

何陽：「……」

這兩個人在一些奇怪的地方，總是意外地有默契。

林折夏從遲曜手裡的袋子裡挑冰給他，一邊挑一邊問：「你坐在外面幹嘛？」

何陽：「別提了，我爸媽，老毛病。」

何陽父母愛吵架，這麼多年都是一路吵吵鬧鬧過來的，好的時候挺好，但吵起架來殺傷力不容小覷。

何爸性格沉默，不愛說話也不喜歡解釋，何媽又是個暴脾氣。

家家有本難念的經。

林折夏會意，沒再多問。

何陽見她掏半天，忍不住問：「妳找什麼呢，拿根冰棒那麼費事嗎。」

他夏哥還沒回答他，他拎著袋子的曜哥倒是不冷不熱地說：「她在找根最便宜的。」

何陽：「……」

林折夏的心思被一下猜中，頓時有點尷尬：「……有些話，不要說出來。」

何陽表情裂了：「我就只配吃最便宜的嗎？？？」

「大中午的，他們吵架我被趕出來。而且我們認識那麼多年，可以說是同生共死的兄弟——我就只配吃最便宜的那根？！」

林折夏在袋子裡掏半天，總算摸到了壓在底下的那根五毛錢的老式鹽水冰棒：「給，你有得吃就不錯了。」

何陽：「……謝謝。」

林折夏：「不客氣。」

幾個人難得遇到，像小時候一樣一起擠在臺階上聊了一下。

何陽：「妳媽昨天在我家打牌。」

林折夏點點頭：「贏了不少，她回家之後很開心。」

何陽：「是不少，把我過年的壓歲錢都贏走了。」

林折夏：「你跟我感慨一下就得了，別指望我能還給你，我沒錢。」

何陽：「……」

何陽繼而又轉向遲曜，下意識也來了句：「你媽……」

他想說你媽最近還好吧。

然而話到嘴邊，在他自己反應過來不太對之前，林折夏已經先行一步用手肘偷偷戳了他一下。

何陽立刻把嘴裡的話嚥了下去。

倒是遲曜自己不是很在意地說：「她在忙業務，最近工廠進了一批新零件。」

何陽把冰棒的最後一口咬下來，感嘆：「女強人。」

幾人聊了一陣。

遲曜手裡還拎著冰，林折夏怕東西晒化，讓他先拎著袋子回去。

遲曜走後，她也坐不住了，正想跟何陽說「那我也回去了，你繼續在這晒太陽吧」，話還沒說出口，何陽起身扔垃圾，他大概是在臺階上坐了太久，站起來的時候腿都麻了，狠狠地踉蹌了下。

何陽驚呼了一聲：「我靠。」

他像個不倒翁似的左右搖晃著，最後他整個人往林折夏坐的方向偏，以半栽的姿勢，手撐在林折夏肩膀上這才勉強站住。

「妳兄弟我，出來前腿被我媽用雞毛撢子抽了好幾下，被抽的原因是我媽說覺得我跟我爸一個樣，她看到我就來氣。」何陽收回手時解釋。

「那你確實是有點慘，」林折夏說：「早知道剛才施捨給你一根一塊錢的冰棒了。」

何陽：「才一塊。」

林折夏：「一塊五毛，不能再多了。」

林折夏在外面偷偷買完冰回到家的時候，魏平正在拆快遞包裹。

她想過去幫忙一起拆，然而魏平搭了下她的肩說：「沒事，我來吧，妳快去寫作業。」

林折夏回到房間翻開作業準備寫的時候，才忽然間捕捉到一個先前沒有留意的細節。

——肩膀。

她坐在臺階上時，何陽也搭了她的肩膀。

而且現在想來，她後知後覺地發現那其實是一種極親密的姿勢，何陽沒站穩，兩個人靠得很近。

但為什麼是後知後覺才發現？

為什麼當時，她一點都沒覺得不對勁？

或許是有點尷尬和不自然，但那點尷尬和不自然的感覺微乎其微，很快被忽略。

她腦海裡又閃過陳琳對她說過的話。

——妳那不是變奇怪。

——是妳長大了，總算意識到遲曜是、個、男、生，是個不能搶他褲子穿的男生了，懂嗎？

可遲曜和何陽好像又是不一樣的。

林折夏感覺這道出現在她十七歲人生裡的題，比手邊的數學附加題還難解。

她唯一能想明白的，就是她和遲曜之間的那點「奇怪」，似乎不是陳琳說的那樣。

但那到底是什麼，她還沒能弄懂。

第九章　幸運牌娃娃機

高二開學沒幾週，學校開始籌組活動。

林折夏正和陳琳湊在一起編手串，就被站在門口的小老師點了名：「林折夏，去趟老徐辦公室。」

她平時表現良好，很少被叫去老師辦公室。

去的路上她都在想老徐為什麼會叫她。

是她昨天作業空的題太多了嗎。

兩道題而已，也不算多吧。

還是她和陳琳傳小紙條聊週末想去打卡的甜點店，被老徐發現了？

林折夏實在想不出原因。

最後她嘆口氣，老老實實站在老師辦公室門口敲了下門。

門內有老師說：「進——」

她推開門進去。

辦公室裡人很多，在這些人裡，有一道熟悉的身影。

即使那個人此刻背對著她，她仍一眼認了出來。

她走過去的時候聽見他們班老師在對遲曜說：「等等發的那些作業你不用寫，我額外準備了別的給你，你做那些題就好……」

「徐老師，」林折夏走到老徐那，說：「您找我？」

老徐見她來了，放下手裡的東西：「欸，對，我找妳有點事。」

老徐隨口問：「妳週末有什麼打算嗎？」

林折夏會錯了意，不打自招：「我不該迫不及待和陳琳傳紙條，討論週末的事情。」

老徐：「……」

老徐哭笑不得：「妳們還傳紙條了？什麼時候的事情。」

林折夏：「就午休的時候。」

老徐：「行了，不關紙條的事，是這樣的，我們學校下週有個演講比賽。」

林折夏：「啊？」

老徐：「準備時間很充裕，可以用一個週末的時間好好準備，我們班有兩個名額，我打算讓妳和唐書萱去。」

「這不好吧，」事情的發展完全超出想像範圍，林折夏想到學校那個有麥克風可以容納上千人的大禮堂，第一反應就是拒絕，「我……我之前沒有過類似的經驗，可能不行。」

老徐：「我覺得妳有潛力，而且機會難得，透過這次機會鍛鍊一下不也挺好。」

林折夏實在不能理解，她身上哪部分讓他看出了自己的潛力。

不過她腦子確實轉得很快。

可能是平時和遲曜勾心鬥角你來我往慣了，她為了讓老徐打消念頭，幾乎是不假思索地開始扯：「老師，不是我不想，是我這個人天生就比較靦腆，我但凡面對超過三個人，我說話的時候就會結巴，我不光結巴，我有時候還會喘不過氣。」

「這是我的老毛病了，我從小就這樣。」

「我也很想嘗試的，但是這個比賽不只是關乎個人，還關乎我們班團體的榮譽，所以您要不要再多考慮一下。」

林折夏幾乎不帶喘氣地把這一長串話說完，說完，她發現不只是老徐面露微笑、笑吟吟地看著她，身後還傳來一聲十分熟悉的極輕的嗤笑聲。

「……」

老徐甚至為她鼓了掌：「妳看，這不是挺能說的，我說一句妳能說十句。」

林折夏：「……」

她失策了。

她剛才就應該開始裝結巴。

林折夏整個人處於一種被某件極其不幸的事情砸中的狀態，又惱自己沒發揮好，於是把情緒集中起來，找準了一個發洩口，這個發洩口就是——那個剛才發出聲音嘲笑她的人。

老徐還在說著演講比賽的要求：「這是我們城安第十屆演講比賽，這次的演講題目是『青春』，演講要求呢是這樣的，演講時長不少於五分鐘，要求內容積極向上……」

老徐說的話她左耳進右耳出。

她只知道她現在和遲曜現在站的位置很接近。

兩人幾乎是背靠背站著。

她動了動手指，不動聲色地將手往後探，想隔著衣服去掐一下遲曜洩憤。

然而她估算錯了位置，碰到的不是校服布料，而是一片帶著骨骼感的溫熱。

她略微停頓了下，才反應過來她掐的是遲曜的手。

「妳被選上參加比賽，」片刻後，背後那個聲音頓了頓又說：「對我動手動腳的幹什麼。」

老徐在翻找上一屆的演講稿給她參考。

趁老徐不注意，林折夏低聲回他：「你剛才偷偷嘲笑我。」

「我挺光明正大的。」

「……」

林折夏把「偷偷」兩個字去掉，重新控訴了一遍：「你嘲笑我。」

背後那人說：「嗯，我嘲笑妳。」

「……」

「你嘲笑我，我掐你一下不過分吧。」

林折夏跟他聊了兩句之後更生氣了，「我剛才沒掐到，等出去之後你先別走，讓我再掐一次。」

遲曜聲音微頓，「妳覺得我看起來……」

「？」

他緊接著說：「像腦子進水的樣子嗎？」

他看起來當然不像。

所以等林折夏抱著一疊歷屆演講比賽上獲獎的演講稿從辦公室出去的時候，遲曜早就走了。

回班後，林折夏把唐書萱那份帶給她，並轉述了一下老徐剛才和她說過的要求。

沒想到唐書萱很淡定地說：「嗯好，知道了。」

林折夏：「妳不緊張嗎？」

「緊張什麼？」唐書萱問。

「演講啊，而且老徐說會從全校師生裡抽一千多個人當觀眾，一千多個。」

出乎她意料地，唐書萱害羞地理了理頭髮：「如果這次上臺能讓高三學長注意到我，別說一千多個了，就是萬人大禮堂我都不怕。」

「……」

她差點忘了，自從要遲曜的聯絡方式失敗後，唐書萱就把目標轉移到了某位學長身上。

雖然歷時一年，並沒有取得任何進展。

是她小看了懷春少女的世界。

接下來半天的課，林折夏都沒能好好聽講。

演講比賽像一塊大石頭，重重地壓在了她心上。

傍晚，林折夏坐在書桌前，對著一張標題為「城安二中第十屆演講比賽」的紙犯愁。

那張紙被她翻來覆去查看，都快揉皺了。

這時，林荷在門口敲門，輕聲說：「我進來了。」

桌上的紙來不及收，林荷進來之後一眼就看到桌上那張參賽紙。

「演講比賽呀，」林荷說：「妳要參加嗎？」

林折夏有點犯愁地說：「嗯，我們老師讓我參加。」

她自己的孩子自己最清楚，林荷也有點擔心：「參加比賽是好事，但妳這性格，也就平時在家裡對著認識的人伶牙俐齒一點，走出去有時候連句話都憋不出來，上臺比賽，能行嗎？」

「……」

林荷很了解她，她應該是不太行的。

她最後只能說：「我……努努力吧。」

林荷走後，唐書萱正巧傳來訊息，在訊息上安慰她：『沒事的，我以前參加過這種比賽，放平心態，其實就和在班裡站起來回答問題沒什麼區別。』

唐書萱：『或者妳有沒有什麼想吸引他注意力的男生？可以像我一樣，以此為目標。』

林折夏回：『那我想從全校男生眼裡消失。』

陳琳也傳過來一則：『隔壁桌，妳就把臺下一千多個人當白菜。』

林折夏回覆陳琳：『一千多顆白菜，也挺恐怖的。』

林折夏回完之後，把手機放在一邊，嘆了口氣。

她擔心自己會搞砸。

這和膽不膽小其實沒太大關係，因為生活中有許許多多類似這樣不得不去做，但又需要很多勇氣才能做到的事。

只是有時候鼓起勇氣，真的很難。

週末兩天時間，她抽一天寫了稿，寫得中規中矩，全都是些很範本化的句子。

最後勉勉強強昇華了下主題，看起來還挺像那麼回事。

剩下唯一要準備的，就是「演講」。

她先是在房間裡自己嘗試脫稿背誦。

魏平是個專業捧場王。

他對林折夏的演講，表達出百分百的讚賞：「叔叔覺得非常好！」

「第一次聽到如此精彩的演講，首先妳的內容就寫得十分專業，其次，妳背得也非常好，抑揚頓挫，比如中間好幾個停頓，就更加凸顯了妳演講的重點，增加段落感——」

「不是的，魏叔叔，」林折夏忍不住打斷他，「那是我忘詞了。」

魏平：「……啊，呃。」

魏平：「但妳忘得也很漂亮，並不突兀，叔叔就沒發現。」

林折夏：「謝謝，你評價得也十分努力。」

最後，她站在客廳裡，捏著演講稿，想了想說：「你們不行，我還是換個人聽我講吧。」

十分鐘後。

她捧著演講稿敲開遲曜家門：「恭喜你。」

遲曜：「？」

「你中獎了。」

遲曜昨晚被何陽拉著打遊戲，打到半夜，整個人看起來像是沒睡醒。他今天罕見地穿了件白色的T恤，清爽又乾淨，整個人難得有點像個文明的人。

然後林折夏聽著這人開口就說了一句不太文明的話：「把要發的瘋一次性發完。」

林折夏拿出手裡的演講稿：「恭喜你被抽選為今天的幸運觀眾，得到一次觀賞林折夏同學演講的機會。」

「文明的人」掃了那張演講稿一眼：「能不要嗎？」

林折夏：「不可以。」

「那轉讓呢？」

「也、不、行。」

「又是強買強賣？」

「是的，」林折夏點頭，「想拒絕，除非你死了。」

遲曜反應很淡，作勢要關門：「哦，那妳就當我死了吧。」

「……………」

林折夏一隻手從門縫裡擠進去，強行進屋，為了讓他聽自己演講，脫口而出：「不行，我怎麼捨得當你死了呢。」

她說完，自己愣了愣。

遲曜原先要關門的手也頓了一下。

怎麼捨得。

捨得。

「捨得」這個詞，聽起來很奇怪。

她腦袋空白兩秒，重新運轉後，習慣性替自己補充：「我的意思是，你死了，我就得去禍害其他人，這樣對其他人不好。」

遲曜冷笑了聲：「所以就禍害我？」

林折夏：「……」

遲曜反諷道：「我是不是還得誇一句，妳做人做得很有良心。」

林折夏：「還行吧，誇就不用了。」

她進屋後，先替自己準備了一杯水。

然後她把遲曜按在沙發上，勒令他不要亂跑，自己則清了清嗓子，抖開手裡的演講稿：「大家好，我是高二七班的林折夏，我演講的題目是，青春。」

她稍作停頓，一隻手向外打開，配合著姿勢，嘆出一聲詠嘆調：「啊——青春。一個看似簡單，卻不那麼簡單的詞。」

遲曜坐在沙發裡，漫不經心地幫她鼓掌：「聽君一席話，如聽一席話。」

林折夏：「……」

遲曜下巴微揚：「繼續。」

林折夏不是很想繼續了。

她停下來：「我喝口水。」

等她用喝水掩飾完尷尬，繼續往下念：「——我們每個人都有，或都曾經有過青春。」

遲曜已經開始打哈欠了。

他用一隻手撐著下顎，打斷她：「妳除了廢話，還有點別的嗎。」

「……」

「這怎麼能是廢話，」林折夏說：「我這句話說得有問題嗎，你能說它有問題嗎？」

遲曜：「它是一句沒有問題的廢話。」

「……」

聽到這裡，他似乎勉強打起了點精神：「妳繼續，忽然覺得妳這演講也不算一無是處，起碼能為我平淡的一天增添點笑料。」

林折夏深呼吸，強行讓自己冷靜下來。

她來找遲曜，就是一個錯誤的決定。

但往其他方面想，遲曜就是她演講道路上的第一道難關。

如果她都能在遲曜面前順利把演講稿講完，還會怕其他妖魔鬼怪嗎？

還會有比遲曜更討厭、更會挑刺、更刁鑽的觀眾嗎？

不會了。

她將無懼任何人。

林折夏努力地在腦海裡回想第二段的內容是什麼，然後依舊略帶磕巴地念了出來。

這次遲曜沒再挑她刺了。

他安靜下來，撐著下顎，看起來有點沒精神，但全程都在聽她講。

偶爾他會評價一句：「這遍比上一遍好點。」

林折夏有點得意：「我還是略有演講天賦的吧。」

遲曜抬眼：「我以為這叫勤能補拙。」

「……」

這篇稿子很長，想要完整且流利地背下來很難。

林折夏一下午都在他家對著他背稿子，中途喝光了他家兩桶水。

她最後一次背稿的時候，背到中途還是忘了詞：「所以我們要珍惜青春，呃，要……要後面是什麼？」

沙發上那個聽到快睡著的人撐著腦袋，隨口接了句：「要不留遺憾地奔赴明天。」

林折夏：「哦，對，要不留遺憾地……」

她說到一半，停下來，「不對，你怎麼都會背了？」

遲曜：「因為我智力正常。」

林折夏：「你想說我笨就直接點。」

遲曜把手放下，從沙發上站起來，想去廚房倒杯水，經過她的時候停下來，然後不經意地把手搭在她頭上一瞬，有些困倦地說：「嗯，妳笨。」

「……」

林折夏多少有點挫敗。

畢竟自己背了那麼久的東西，結果還沒一名「觀眾」背得順溜。

等遲曜捏著水杯，從廚房走出來。

林折夏看著他說：「既然你都會背了。要不然我把這個珍貴的名額讓給你，你去參賽吧。」

林折夏在遲曜家待了一下午。

傍晚到了吃飯時間，她被林荷催著回家吃飯。

吃飯的途中她有點悶悶不樂，這個悶悶不樂源自於：一件本來就沒什麼信心的事情，在努力一天之後，似乎也還是沒有變好。

她開始懷疑自己到底能不能做這件事了。

當人一旦開始對自己產生懷疑後，想到的第一件事都是放棄。

「媽，魏叔叔，」林折夏低著頭，用筷子戳著碗裡的飯說：「我有點想和徐老師說，讓他換個人去參加比賽。」

林荷也不想讓她為難，加上演講比賽也不是什麼非參加不可的比賽，於是順著她說：「實在不行，就跟老師說換人吧。」

魏平也說：「是啊，而且妳也嘗試過了，實在困難的話，就和老師說一下。」

林折夏應了一聲。

吃完飯，她認真考慮起換人這件事。

她坐在客廳，透過班級群組點開老徐的頭貼。

老徐的頭貼是一朵寧靜綻放的荷花，她對著那朵荷花猶豫了半天，對話欄裡的字打下來又很快刪掉。

最後她寫了一段很官腔的話，只是在傳出去之前，準備按下傳送的手停頓了一秒。

然而就在這一秒，手機忽然震動了下。

遲狗：『還練不練了？』

很突然地，林折夏今天一天的情緒都在這平平無奇的五個字裡爆發了出來。

她很輕微地吸了吸鼻子，把聊天畫面切過去，然後十指如飛地打字。

『你是不是也覺得我不行？』

『我知道，我念得不流暢，還一直忘詞。』

『那麼簡單的內容我都背不下來。』

『而且想到要上臺，臺下有那麼多人我就緊張。』

她打了好幾行字。

最後又放慢打字速度，重複了一遍第一句話。

『所以你是不是也覺得我不行？』

如果現在遲曜就在她面前，她是不會說那麼多的。

可能是因為隔著網路，也可能，是剛才她差點就在那相同的一秒鐘之間，把那段要放棄的話傳給老徐了。

她傳完之後，對面沒有立刻回覆。

隔了大約有十幾秒，她才看到那行熟悉的「對方正在輸入」。

遲狗：『雖然妳這篇演講稿通篇廢話，念得確實也不怎麼樣。』

遲狗：『但是沒有人覺得妳不行。』

遲狗：『是妳覺得自己不行。』

很奇怪，明明只是幾行字，她卻好像聽見了遲曜那習慣性帶著嘲諷、但有時候又詭異地透著些許溫柔的聲音。

對面傳過來最後一句話。

遲狗：『我不覺得。』

晚上，林荷睡前送牛奶給林折夏，她敲了敲門，輕聲說：「夏夏，在寫作業嗎？我進來了。」

林折夏回：「進來吧，我在看書——」

林荷開門進來，她最近都睡得很早，這時其實已經有點睏了。

但她還是打起精神，關切地問她：「退賽的事情，妳和老師說了嗎。」

林折夏接過牛奶：「沒有。」

林荷：「怎麼不說呢？是不好意思，還是怕老師不同意？」

「都不是。」

她搖搖頭，說：「我還想再試一下。」

因為在她放棄的時候，有人跟她說覺得她可以。

所以，她想再試一下。

林折夏喝了幾口牛奶，想到剛才和遲曜的聊天紀錄。

——沒有人覺得妳不行。

——只有妳自己覺得。

演講比賽而已，那麼多人參加，別人都可以做到的事情，她也可以。

林折夏平時也總這樣想一齣是一齣，林荷並沒有多問她為什麼忽然改了注意。

但女兒既然決定去做，她自然得鼓勵：「不管結果怎麼樣，重在參與就行，千萬不要有壓力。」

林折夏「嗯」了一聲：「妳快去睡吧，我看一下書也要睡了。」

這天晚上，她睡得不太安穩。

畢竟想著比賽的事，心理壓力還在。

她做了一個夢，夢裡她被一群怪獸抓走，然後這群怪獸逼著她上臺演講。

她在夢裡發揮得異常流利。

結果怪獸首領說：妳講得很不錯，再講一篇我聽聽。

起床後，她揉了揉腦袋，感覺頭有點疼。

早上九點，她簡單洗漱完，又修改了一下稿子。

正當她猶豫是在家練習，還是去遲曜家的時候，有人在樓下喊她的名字：「夏哥——」

是何陽的聲音。

她走到窗戶那，扒著窗戶探頭出去往下看，看到並肩站在樓下的何陽和遲曜。

遲曜被太陽晒得瞇起了眼睛，他似乎是嫌何陽靠他太近，於是往旁邊退了步。

何陽仰著頭，雙手做喇叭狀，聲音從樓底傳上來：「夏哥，有事找妳，下來一趟。」

這個喊法讓她一下回到小時候。

小時候，電子設備還沒有現在那麼流行，她也沒有手機，平時做的最多的事情，就是到處喊人下樓玩。

「什麼事？」林折夏披著頭髮下樓。

「走，」何陽對她說：「去曜哥家，準備了驚喜給妳。」

林折夏：「？」

何陽：「走啊。」

林折夏疑神疑鬼：「確定是驚喜？為什麼要準備給我，無事獻殷勤非奸即盜。」

何陽：「去了妳就知道了。」

林折夏跟在他們身後，去了遲曜家。

她進屋沒多久，門忽然被人敲響，來的人個子很高，戴著個黑框眼鏡：「曜哥，我來了。」

不超過三十秒，又進來一個人。

「我也來了我也來了。」

「還有我，路上有點事，說好的九點二十，我沒遲到吧。」

「我我我我，我也來了。」

「……」

人越來越多，很快遲曜家的客廳就被擠滿了。

沙發上擠滿了人，坐不下的就站著。

站的人大約有兩三排。

來的大多數都是社區裡的同齡人，今天週末，大家都有空閒的時間。

滿屋子的人裡，甚至還有個小孩。

小孩捧著根棒棒糖，跟她大眼對小眼，一臉天真無邪地喊：「姐姐好。」

林折夏表情有點裂：「這小孩誰啊。」

「這我堂弟，」何陽說：「二丫，過來，坐哥這。」

何陽解釋：「曜哥說多湊點人，我堂弟正好在我家，就順便把他一起叫過來了，妳別看他才五歲，但已經聽得懂人話了。聽妳的演講應該也是沒什麼太大問題。」

林折夏懷疑自己是不是聽錯了：「聽我的……演講？」

何陽：「對啊，妳不是要參加比賽嗎，還是臺下會有很多人的那種。怎麼樣，夠意思吧，我們來幫妳彩排，就我們這氣勢，人多勢眾的，妳跟我們彩排完，到時候一定能適應臺下那麼多人。」

林折夏：「……」

很有創意。

是誰想出這麼有創意的主意？

她差點就鼓掌了。

何陽又充滿期待地說：「妳的演講什麼時候開始？」

林折夏掃了滿屋子的人一眼，視線最後落在這群人裡最顯眼的那個身上——遲曜坐在沙發正中央，看起來像是被所有人簇擁著似的。所有人都坐得很板正，只有他看起來很放鬆的樣子，不經意地低頭滑了下手機。

等他再抬頭的時候，兩個人視線正好交會。

「現在就開始，」雖然場面過於離譜，但林折夏不得不承認這是個很好的練習機會，「你們做好準備，我要開始演講了。」

她說完，遲曜把手機隨手收了起來。

然後他作為這個創意的發起人，展現出了他的領導力。

他整個人往後靠，閒閒散散地鼓了下掌。

由他帶頭，其他人也開始鼓掌，一時間，客廳爆發出一陣雷鳴般的掌聲。

林折夏無語一瞬，然後清了清嗓子開始脫稿：「大家好。我演講的題目是，青春。」

她話音剛落，有人轉頭問：「曜哥，這裡要不要喝下彩。」

遲曜微微頷首：「可以。」

客廳裡一眾觀眾立刻爆發出十分熱烈的反響。

在她剛說完題目的時候，就爆發出熱烈的聲音：「好！說得好！」

「這個開頭，很流利！」

「我一聽！就覺得我們夏哥是演講比賽第一名的苗子。」

「……」

混在這裡面的，還有何陽五歲堂弟稚嫩的喝彩：「姐姐妳的中文很標準噢。」

「……」

「你們安靜點。」

林折夏停下來說：「比賽時候的觀眾哪有你們那麼吵啊，我是在學校禮堂比賽，又不是在養雞場比賽。」

何陽：「萬一大家被妳的演講所折服，情難自禁，妳也得適應一下這種突發情況。在喝彩聲裡，如何不卑不亢地從容應對。」他說完，想從別處尋求認同，「曜哥，你覺得呢。」

遲曜沒接他的話：「你說的這種情況不太可能發生。」

林折夏：「……」

最後林折夏還是對著這群人，彩排了四五遍。

不知道是不是她的錯覺。

今天的她，好像不像昨天那麼容易忘詞了。

那些紙上的字，彷彿離開了那張紙，輕而易舉地從嘴裡說了出來。

明明昨天她還差點跟老徐說她想放棄。

何陽在遲曜家待了近一個半小時，等來聽林折夏彩排的人都散了，他也準備回家。然而走到半路，他發現手機沒帶，於是又折返回去。

「我東西落了。」何陽從沙發上找到手機。

正準備走，何陽想到出門前他媽似乎又一副要和他爸吵架的架勢，又在沙發上坐了下來：「我還是坐一下再走吧。」

遲曜沒什麼反應，在收拾剛才因為人多被弄亂的茶几桌面：「隨你。」

何陽：「我早就想說了，你這耳洞什麼時候打的，剛才我盯著你耳朵看半天了。」

遲曜沒說話。

何陽：「本來就夠帥的了，能不能給我們這種人留點活路，你這樣去學校，學校那群人還不得瘋——」

「他們瘋不瘋的我不知道，」遲曜說：「我看你今天就挺瘋的。」

何陽早已習慣他說話的方式，他忍不住摸摸自己的耳朵：「你說我去打一個怎麼樣，我應該也挺適合的吧。」

遲曜頭也不抬：「去照照鏡子。」

何陽：「……」

隔了一下，何陽說起剛才彩排的事：「我夏哥還參加比賽呢，這我是真沒想到。」

提到林折夏，他打開了話匣子。

「說起來早上我們不是一起坐車上學嗎，車上有我一個同校的同學，前幾天他來跟我打招呼，說在車上見過我。」

「他還問起我旁邊那個挺漂亮的女生，我愣是好半天沒反應過來這個『挺漂亮的女生』是誰，那一瞬間，我發現認識多年我已經忘記夏哥的性別了。」

說到這，何陽感慨：「沒想到我夏哥還挺受歡迎。當然你放心，我沒給聯絡方式。」

「這同學還好奇我有沒有暗戀過她，把我嚇一跳，渾身汗毛直立的那種，」何陽說：「怎麼可能啊，這我從小一起長大的好哥們，我又不是瘋了，全世界那麼多女的，我就是喜歡任何一個，都不能是我夏哥。你說是吧。」

何陽越想這個假設越覺得可怕：「嘖，那多尷尬啊，這下場恐怕得絕交。本來好好的兄弟，搞得連兄弟都做不成。」

遲曜聽著，沒有說話，但是收拾茶几的手卻頓了頓。

何陽話題一句接一句，轉得快，在他換下一個話題的時候遲曜打斷了。

「坐夠沒，」遲曜說：「坐夠了就快滾。」

何陽：「曜曜，你好無情。」

遲曜閉了閉眼，再睜開：「滾。」

「走就走。」

何陽走之前，很浮誇地對他翹蘭花指：「你這樣傷害人家的心，人家下次都不來了。」

週末彩排的效果不錯，林折夏鬆了半口氣。

剩下的半口，在比賽結束之前暫時還鬆不了。

週一，唐書萱看她狀態不錯：「我還在擔心妳想退賽呢，沒想到妳準備得還可以。」

林折夏邊交作業邊說：「嗯，週末在……在家練了兩天。本來是想過退縮，但現在還是想嘗試一下。」

唐書萱替她感到高興：「那就好，妳千萬別緊張，還有我呢。」

林折夏起初以為自己不會緊張，但離比賽日越近，就越控制不住。

比賽前一天，她飯都只吃了半碗。

魏平緊張地問：「今天吃這麼少，是不是飯菜不合胃口，這樣，妳想吃什麼，叔叔等等帶妳出去吃。」

林折夏搖搖頭：「我吃飽了。」

她主要是怕吃太飽，她會緊張到想吐。

林荷：「明天就比賽了吧，比賽時間是上午還是下午？」

林折夏：「下午。」

晚上十點，她準時上床準備睡覺，睡前甚至還喝了杯牛奶，然而等她熬過漫長的時間後，承認自己睡不著，再度睜開眼，發現手機螢幕上顯示的時間已經成了「十一點零三」。

家裡很安靜，這時林荷和魏平都已經睡下了。

她躺在床上嘆口氣，睡不著，又實在找不到事情幹，隨手點開了遊戲。

她對遊戲的熱情來得快去得快，之前假期玩了一陣之後又很快擱置。

她上去領了下東西，看了一圈，正準備下線，卻收到一則好友訊息。

小豬落水：『？』

噗通：『……』

小豬落水：『還不睡？』

林折夏被抓包，打字回覆。

噗通：『被你發現了。』

噗通：『我偷偷上來鍛鍊遊戲技術。』

噗通：『我就是喜歡這種背著好友變強的感覺。』

小豬落水：『哦。』

然後「小豬落水」沒再說話。

過了大概兩三分鐘，「遲狗」打過來一通語音電話。

「幹嘛，」林折夏接起電話，壓低聲音怕驚擾林荷，小聲地說：「我要睡了。」

遲曜毫不留情地戳穿她：『膽小鬼，能睡著嗎？』

「……」

林折夏正想說再給她一點時間，她能睡著，就聽電話裡的人又說了句：『我在妳家樓下。』

「現在？」

電話那頭，除了那把熟悉的聲音，還有隱隱約約的蟬鳴聲。

『嗯，』他說：『下不下來？』

林折夏掛斷電話後，小心翼翼地從床上爬起來。

她連衣服都沒換，身上穿著件印有卡通圖案的睡衣睡褲，頭髮也亂糟糟地披在腦後。

然後躡手躡腳地擰開門，偷偷溜了出去。

「我感覺這樣有點偷偷摸摸的，」下樓後，她一眼看到等在公寓出入口的遲曜，向他跑去，說：「剛才出來的時候我還有點心虛。」

遲曜看向她：「妳出來見我，心虛什麼？」

林折夏忍不住強調：「這個時間，我家裡人都睡了。」

遲曜不冷不熱的說：「所以妳是覺得，我們現在這樣是在私會嗎。」

她完全沒有這個意思。

「誰跟你私會啊。」

林折夏莫名感覺從遲曜嘴裡聽到這個詞後，耳朵有點熱。

她或許是想掩飾，又或許那一刻腦子像打了結，不經思索，脫口而出一句：「就算我跟狗都能說成是私會，跟你也不可能是。」

她說完之後，氣氛似乎詭異且沒來由地凝滯了一秒。

一秒後，遲曜像平時那樣居高臨下地掃了她一眼，然後他收起手機，轉過身往前走：「那妳去跟狗私會吧。」

林折夏一路小跑跟在他後面：「我為什麼要跟狗私會？」

遲曜：「妳自己說的。」

林折夏：「我就隨便說說，開玩笑你不懂嗎……」

遲曜忽然腳步微頓。

然後他伸出手，指了指路邊垃圾桶旁邊的一隻流浪狗：「這就有，妳考慮一下。」

「……」

這個人有時候真的很幼稚！

林折夏跟上他，兩人沿著社區裡的路往前走，走出社區，又散步散到她經常去的湖邊。

她一邊走，一邊感覺到那份緊張在不知不覺間平復了許多。

夏天，湖面微風，蟬鳴。

還有漆黑但抬起頭就能看到星星的夜空。悶熱但熟悉的風。

還有……

身邊的這個人。

林折夏：「這裡晚上景色很好欸。」

遲曜「嗯」了一聲。

林折夏又說：「其實我今天晚上沒睡著，不是因為緊張，是我們這種年輕人，就是睡得比較晚而已。」

回應她的還是一聲沒什麼感情的「嗯」。

林折夏：「你能不能多說一個字。」

遲曜冷聲：「嗯嗯。」

林折夏無語：「你還是閉嘴吧。」

遲曜穿了件黑色防風外套，版型挺闊，襯得整個人看起來更高了，一隻手插在上衣口袋裡，意識到她落在後面沒跟上，放緩腳步等她。

兩人一路往前走，林折夏走得有點口渴：「我想喝水，我們去前面商場看看。」

商場離關門時間還有半個多小時，兩人進去的時候商場裡已經沒什麼人了。

一樓大廳空蕩蕩的，偶爾有兩三個人路過。

她四下張望，想找飲料店。

遲曜卻往前走了幾步，停在幾個白色的機臺前面，對她說：「過來。」

「什麼啊，」林折夏走過去，「娃娃機？」

遲曜：「抓不抓。」

林折夏：「抓。」她又飛快補上一句，「如果你請我的話。我這個月零用錢花完了。」

趁遲曜掏手機掃碼的中途，林折夏注意到這個娃娃機的名字叫：幸運牌娃娃機。

「如果抓中，」林折夏隨口說了一句，「是不是代表我明天會變得很幸運？」

遲曜把兌回來的硬幣連幣帶籃一起塞進她手裡。

「抓哪個？」

林折夏看了一圈。

她本來想說「那邊那個小熊看起來還行」，遲曜卻彎下腰，去看最下面那個機臺。

最下面的機臺裡滿滿當當的，都是白色的小兔子。

很小的一個，三分之一個掌心那麼大，扣在鑰匙圈上，方便隨身攜帶。

然後她聽見遲曜說：「這個吧。」

林折夏現在對「兔子」有種特殊的感覺，她很容易聯想起那天晚上的睡前故事，還有遲曜常掛在嘴邊的「膽小鬼」。

她帶著某種奇怪的情緒，想故意繞開這個兔子，問：「為什麼，我看上面那個小熊也很不錯。」

「因為我付錢。」

「……」

好的，理由很充分。

林折夏抱著裝滿錢幣的籃子蹲下來：「你付錢，你說了算。」

她從籃子裡拿出兩枚硬幣投進去，等機器亮起來之後忽然喊了一聲：「遲曜。」

遲曜也蹲下身，但他即使是蹲著，也比她高出一大截。

遲曜：「？」

林折夏操作起搖桿：「我的抓娃娃天賦藏不住了，給你展示一下什麼是真正的娃娃機高手。」

話音剛落，抓鉤抓了個空。

遲曜面無表情地讚嘆：「這就是妳藏不住的天賦。」

林折夏：「太久沒練，技藝生疏了，下一個肯定行，你就目不轉睛地看著吧。」

說完，機臺裡的抓鉤在她的操作下收攏，然後和兔子鑰匙圈短暫接觸一秒，又落空了。

遲曜側過頭，看向她：「真厲害，我第一見這麼厲害的娃娃機高手。」

林折夏有點受挫：「……你說話不要這樣陰陽怪氣。」

她抓了很多次。

直到最後紅色的小籃子裡剩下孤零零的兩個硬幣。

這次她猶豫了：「怎麼辦，我感覺可能抓不到了。」

幸運牌娃娃機。

抓不到的話，好像顯得明天會很不幸的樣子。

就在她猶豫的時候，一隻手從旁邊橫著伸出來，那隻手把兩枚硬幣投進去之後，機身上環繞的彩色燈條瞬間亮起，然後那隻手從旁邊繞過來，和她一起握住了搖桿。

搖桿可以抓握的空間有限，所以不可避免地，兩個人的手有觸碰到一起的部分。

「抓得到。」手的主人說。

林折夏投以懷疑的目光：「就剩最後一次機會了，你哪裡來的自信？」

耳邊傳來遲曜淡淡的聲音：「因為我也是高手。」

她正想嘲諷，瞥了一眼，餘光落到少年閃著細碎銀光的耳釘上，然後她感受到手上的搖桿動了下。

機臺裡的抓鉤懸在半空，慢慢悠悠地往出貨口附近移動。

遲曜挑的是一隻卡在出貨口附近的兔子，那隻兔子前面還有一隻兔子離出貨口更近，如果讓林折夏選的話，她可能會選那隻更近的兔子。

她正想說「你這樣是抓不到的」，下一秒，抓鉤直直落下去。

那隻兔子被短暫地吊起來兩秒，就在它被吊起來的同時，離出貨口更近的那隻兔子被掀動，腦袋朝下，往出貨口跌了下去。

「嗒」。

那隻兔子順著出貨口，一路咕嚕嚕滾下來，滾到遲曜手邊。

他鬆開手，用一根手指挑起鑰匙圈，指節微曲，把那隻抓到的兔子送到了林折夏面前。

「我跟某位高手不一樣。」

他勾著兔子鑰匙圈說：「抓隻這麼簡單的兔子都抓半天。」

「膽小鬼，」等林折夏愣愣地接過，遲曜起身前又說了一句，「妳明天應該不會太倒楣。」

小小一隻的毛絨兔子靜靜躺在她掌心裡。

在這個瞬間，她已經完全忘了自己半小時前躺在床上睡不著的那份緊張的心情。

——《逐夏》未完待續——

高寶書版集團
gobooks.com.tw

YH 202
逐夏（上）

作　　者　木瓜黃
封面繪圖　芊筆芯
封面設計　芊筆芯
責任編輯　楊宜臻
內頁排版　賴姵均
企　　劃　何嘉雯

發 行 人　朱凱蕾
出　　版　英屬維京群島商高寶國際有限公司台灣分公司
Global Group Holdings, Ltd.
地　　址　台北市內湖區洲子街88號3樓
網　　址　gobooks.com.tw
電　　話　(02) 27992788
電　　郵　readers@gobooks.com.tw（讀者服務部）
傳　　真　出版部(02) 27990909　行銷部 (02) 27993088
郵政劃撥　19394552
戶　　名　英屬維京群島商高寶國際有限公司台灣分公司
發　　行　英屬維京群島商高寶國際有限公司台灣分公司
法律顧問　永然聯合法律事務所
初版日期　2025年06月

原著書名：《逐夏》由北京晉江原創網絡科技有限公司授權出版。

國家圖書館出版品預行編目(CIP)資料

逐夏 / 木瓜黃著. -- 初版. -- 臺北市：英屬維京群島商高寶國際有限公司臺灣分公司, 2025.06
冊；　公分. --

ISBN 978-626-402-255-2(上冊：平裝). --
ISBN 978-626-402-256-9(中冊：平裝). --
ISBN 978-626-402-257-6(下冊：平裝). --
ISBN 978-626-402-258-3(全套：平裝)

857.7　　114005750